RENDEZ-VOUS
AVEC LA MORT

AGATHA CHRISTIE

RENDEZ-VOUS
AVEC LA MORT
(APPOINTMENT WITH DEATH)

Traduit de l'anglais par Louis POSTIF

PARIS
LIBRAIRIE DES CHAMPS-ÉLYSÉES

PREMIÈRE PARTIE

CHAPITRE PREMIER

UN COMPLOT

— *Alors, tu vois bien, il ne nous reste plus qu'à la tuer !*

Cette phrase flotta dans l'air calme de la nuit, y demeura un moment en suspens, puis fut emportée dans les ténèbres vers la mer noire.

La main sur la poignée de l'espagnolette, Hercule Poirot s'arrêta un instant.

Plissant le front, il ferma vivement la fenêtre, afin d'empêcher l'air d'entrer dans sa chambre. Hercule Poirot croyait dur comme fer que l'air extérieur, et en particulier l'air nocturne, était nuisible à la santé et qu'il valait mieux le laisser dehors.

Il tira soigneusement les rideaux et se dirigea vers son lit, un sourire indulgent sur les lèvres.

— *Alors, tu vois bien, il ne nous reste plus qu'à la tuer !*

Par une curieuse coïncidence, le détective belge surprit ces paroles le soir de son arrivée à Jérusalem.

« Décidément, partout où je passe, il survient toujours quelque incident pour me rappeler le crime », se dit-il.

Il continua de sourire tout en évoquant une anecdote concernant Anthony Troblope. Alors que cet écrivain faisait la traversée de l'Atlantique, il avait entendu deux autres passagers discuter le dernier épisode de son roman feuilleton, en cours de publication.

L'un des deux avait déclaré :

« C'est très joli, mais l'auteur devrait supprimer cette vieille bonne femme. Elle devient insupportable ! »

Le visage rayonnant, Anthony Troblope s'avança :

« Messieurs, leur dit-il, je vous suis très reconnaissant de votre suggestion. Je vais la tuer tout de suite ! »

Hercule Poirot se demanda ce qui avait provoqué la réflexion qu'il venait d'entendre. Sans doute deux collaborateurs discutaient-ils la trame d'un roman ou d'une pièce de théâtre.

Toujours souriant, il pensa :

« Notons bien ces paroles. Qui sait si, un jour ou l'autre, elles ne prendront pas un sens plus tragique ? »

Il lui avait semblé discerner dans la voix une certaine nervosité... un tremblement qui trahissait une vive émotion. Etait-ce la voix d'un homme... ou celle d'un jeune garçon ?

Hercule Poirot, en éteignant sa lampe de chevet, songea à part lui :

« *Je reconnaîtrai certainement cette voix.* »

Accoudés au rebord de la fenêtre, Raymond et Carol Boynton, leurs têtes rapprochées, scrutaient le bleu velouté de la nuit. Du même ton agacé que tout à l'heure, Raymond répéta :

— Alors, tu vois bien, il ne nous reste plus qu'à la tuer !

Carol Boynton eut un mouvement d'impatience et elle répliqua d'une voix rauque :

— C'est épouvantable...

— Cette existence ne peut continuer ainsi ! répliqua Raymond, avec passion. Il faut absolument prendre une décision. Et je ne vois pas d'autre issue.

8

Carol hasarda, sans conviction :

— Si nous cherchions un moyen de fuir ?

— Impossible. Tu le sais comme moi, Carol.

La jeune fille frémit.

— Hélas, oui ! Je ne le sais que trop, Ray.

Le jeune homme eut un ricanement amer et saccadé.

— Les gens nous prendraient pour des fous s'ils savaient que nous ne pouvons faire un pas seuls dans la rue.

— Qui sait ? soupira Carol. Nous sommes peut-être fous !

— Si nous ne sommes pas encore toqués, nous le deviendrons bientôt. En tout cas, si on nous entendait, on nous enfermerait tout de suite. Nous voilà tous deux en train de comploter, de sang-froid, l'assassinat de notre propre mère !

— D'abord, trancha Carol, elle n'est pas notre vraie mère !

— Tu as raison.

Après un silence, Raymond prononça, d'une voix des plus naturelle :

— Alors, tu es bien de mon avis, Carol ?

— Oui. Je crois qu'elle devrait mourir. Elle est folle ! J'en suis certaine... Voilà des années que nous ne cessons de répéter : « Cette existence ne peut continuer ainsi ! » Et rien ne change ! Nous pensons alors : elle mourra bien un jour ou l'autre. Mais elle s'accroche à la vie et ne quittera cette terre que...

— *Que si nous la tuons !* conclut Raymond.

Carol agrippa violemment la barre d'appui de la fenêtre. Son frère poursuivit :

— Un de nous deux devra s'en charger. Lennox ne fera rien, à cause de Nadine, et nous ne pourrons compter sur Jinny.

Carol frissonna :

— Pauvre petite Jinny ! Je tremble pour elle.

— Oh ! Je sais. Elle ne peut en supporter davantage, n'est-ce pas ? Voilà pourquoi il faut agir et sans tarder... avant qu'elle ne succombe.

Brusquement, Carol se redressa et rejeta en arrière sa brune chevelure.

— Ray, allons-nous commettre un acte très répréhensible ?

Du même ton froid, Raymond répondit :

— Non, pas plus que si nous abattions un chien enragé ou supprimions un être malfaisant. Il n'existe pas d'autre moyen de l'empêcher de nuire.

Carol murmura :

— Mais on nous enverra tout de même sur la chaise électrique. Nous ne pourrons jamais faire comprendre la méchanceté de cette créature... Cela passe tout ce qu'on peut imaginer... On se figurera que nous nous sommes monté la tête.

— Personne ne le saura. J'ai mon plan arrêté. Nous ne risquons rien.

Carol se tourna vers son frère :

— Ray, je ne te reconnais plus. Il t'est sûrement arrivé quelque chose d'anormal. Qui t'a soufflé cette idée ?

— Que veux-tu dire ?

Evitant le regard de son frère, Carol précisa :

— Oh ! Je le devine bien. Ray, serait-ce cette jeune fille dans le train ?

— Bien sûr que non ! Que vas-tu chercher là ? Voyons, Carol, parlons sérieusement et revenons à...

— Ton plan ? Es-tu bien sûr qu'il soit pratique ?

— Très sûr. Mais il convient d'attendre le moment propice. Alors, si tout marche bien, nous serons libres... tous libres !

— Libres ?

Carol poussa un léger soupir et leva les yeux vers les étoiles. Puis, tout à coup, tremblant de la tête aux pieds, elle éclata en sanglots.

— Carol, qu'est-ce que tu as ?

Elle balbutia à travers ses larmes :

— Que tout cela est donc beau ! La nuit, le ciel bleu et les étoiles ! Quel monde de rêve ! Si seulement nous pouvions ressembler aux autres, au lieu d'être méchants, aigris et jaloux...

— Mais cela viendra... Lorsqu'elle sera morte !

— En es-tu bien sûr ? Ce n'est pas trop tard ? Ne resterons-nous pas des détraqués en marge de la vie ?

— Non, rassure-toi, Carol. Mais si tu préfères me laisser agir seul ?

Elle repoussa son frère qui cherchait à la consoler.

— Non ! Compte sur moi. Je t'aiderai... à cause des autres. Il faut à tout prix sauver Jinny !

Raymond fit une pause.

— En ce cas, notre décision est bien prise ?

— Oui.

— Bon. Je vais maintenant t'exposer mon plan.

Il pencha la tête vers elle.

CHAPITRE II

LA FAMILLE BOYNTON

Dans le salon de lecture de l'hôtel Salomon, à Jérusalem, miss Sarah King, docteur en médecine, debout près d'une table, feuilletait distraitement journaux et revues. Le front plissé, elle paraissait préoccupée.

Un Français, de haute stature et d'âge moyen qui venait d'entrer dans la pièce l'observa un instant avant de s'asseoir à l'autre extrémité de la table. Lorsque leurs regards se rencontrèrent, Sarah sourit et lui fit un petit signe de tête. Cet homme l'avait aidée à transporter une de ses valises à la gare du Caire alors qu'elle ne trouvait aucun porteur disponible.

— Alors, mademoiselle, on se plaît à Jérusalem ? demanda le docteur Gérard après lui avoir souhaité le bonjour.

— Sous certains aspects, c'est une ville épouvantable, observa la jeune fille. Quelle étrange chose que la religion !

Le Français parut amusé. S'exprimant en un anglais presque parfait, il reprit :

— Je comprends ce que vous voulez dire. Toutes ces chamailleries et ces luttes entre les différentes sectes !

— Et que pensez-vous de l'architecture de certains édifices religieux ?

— Hélas !

Sarah poussa un soupir.

— Aujourd'hui même, on m'a fait sortir d'une église parce que je portais une robe sans manches. De toute évidence, le Tout-Puissant déteste mes bras, bien qu'il les ait faits !

Le docteur Gérard éclata de rire.

— J'allais commander du café. Voulez-vous me faire le plaisir, mademoiselle...

— Je m'appelle King... Sarah King.

— Et voulez-vous me permettre ?

Il prit une de ses cartes, l'offrit à Sarah qui la lut en écarquillant des yeux admiratifs.

— Vous êtes le docteur Théodore Gérard ? Quel bonheur de vous rencontrer ! Je connais tous vos travaux. Votre opinion sur les schizophrénies est des plus intéressantes.

— Pas possible ? fit le docteur Gérard, les sourcils relevés.

— C'est que je viens de passer mon doctorat en médecine, déclara la jeune fille embarrassée.

— Ah ! cette fois, je comprends.

Le docteur Gérard commanda deux tasses de café et ils s'assirent dans un coin du salon. Le Français s'intéressait moins aux connaissances médicales de Sarah qu'à sa chevelure noire et ondulée et à sa bouche aux lèvres rouges bien dessinées. Il s'amusait de son air effaré.

— Comptez-vous rester ici longtemps ? lui demanda-t-il pour reprendre la conversation.

— Quelques jours seulement. Ensuite, j'ai l'intention d'aller à Pétra.

— Ah ! ah ! Moi aussi. Je pense m'y rendre si le voyage n'est pas trop long. Je dois être rentré à Paris le quatorze de ce mois.

— Vous en avez pour environ une semaine : deux jours pour l'aller, deux pour visiter la ville et deux pour le retour.

— Je passerai ce matin à l'agence de voyage et me renseignerai.

A ce moment, plusieurs personnes pénétrèrent dans le salon et s'assirent. Sarah les observa et baissa la voix.

— Avez-vous remarqué ces gens-là dans le train, l'autre soir ? Ils ont quitté le Caire en même temps que nous.

Le docteur Gérard, ajustant son monocle, dirigea son regard vers l'autre bout de la pièce.

— Des Américains ?

— Oui. Une famille américaine. Mais des gens plutôt bizarres.

— En quel sens ?

— Regardez-les. Observez surtout la jeune femme.

Le regard professionnel du médecin passa en revue les visages des nouveaux venus.

Tout d'abord, il vit un grand jeune homme efflanqué, d'une trentaine d'années, au visage agréable, mais sans énergie. Puis, deux jeunes gens d'une beauté frappante... Le garçon avait un profil grec. « Celui-ci est pour le moins curieux, pensa le docteur Gérard. Oui..., il y a chez lui une forte tension nerveuse. » La jeune fille était visiblement sa sœur. Elle lui ressemblait beaucoup et semblait, elle aussi, assez surexcitée. L'œil du médecin s'arrêta ensuite sur une fillette. La figure encadrée d'un halo de cheveux blonds. Les mains sur les genoux, elle tirait sans cesse sur les coins de son mouchoir. Une femme jeune, brune et pâle, très calme, complétait le groupe, au centre duquel le docteur Gérard, dissimulant avec peine sa répulsion, apercevait une vieille femme, bouffie de graisse, immobile, qui faisait songer à un bouddha grimaçant ou à quelque énorme araignée au milieu de sa toile.

— Elle n'est pas très belle, la maman, hein ? fit le docteur Gérard en se tournant vers Sarah.

— Elle a l'air plutôt sinistre, n'est-ce pas ?

Le docteur Gérard étudia de nouveau la vieille, cette fois d'un œil clinique :

— Hydropique... cardiaque..., déclara-t-il.

— Certes, oui ! Mais ne trouvez-vous pas curieuse l'attitude de tout ce petit monde autour d'elle ?

— Savez-vous qui sont ces gens-là ? demanda le médecin.

— Ce sont les Boynton. La mère, le fils marié, sa femme, un jeune fils et deux petites filles.

— La famille Boynton en voyage, plaisanta le docteur Gérard.

— Oui, mais ils visitent les pays étrangers d'une drôle de façon. Ils n'adressent la parole à personne et aucun d'eux ne peut lever le petit doigt sans l'assentiment de la vieille mégère !

— Elle appartient au type matriarcal, dit pensivement Gérard.

— Je la juge plutôt affreusement tyrannique.

Le docteur Gérard haussa les épaules et exprima l'avis que la femme américaine domine l'univers. Le fait est connu.

— Oui, mais ici c'est autre chose, insista Sarah. Elle les tient tous sous sa férule... Ils la craignent... C'en est scandaleux !

— Il est malsain qu'une femme détienne trop d'autorité. D'ordinaire, elle en abuse, dit Gérard d'un ton grave.

Il lança vers Sarah un coup d'œil. Elle étudiait la famille Boynton, ou plutôt un de ses membres. Le docteur Gérard esquissa un sourire plein de sous-entendus. « Ah ! je devine tout à présent, » pensa-t-il.

— Vous leur avez déjà parlé ? demanda-t-il tout bas.

— Oui... du moins à l'un d'eux.

— Au jeune homme... au plus jeune ?

— Oui, dans le train de Cantara. Il était debout dans le couloir et je lui ai adressé la parole.

Sarah n'avait rien d'une jeune fille timide. Elle

s'intéressait à toute l'humanité et la considérait avec bienveillance, tout en conservant son sens critique.

— Pourquoi lui avez-vous parlé ? demanda Gérard.

— Pourquoi m'en serais-je privé ? En voyage, je bavarde souvent avec mes compagnons de route. J'étudie les gens, leurs actes, leurs façons de penser et de sentir.

— Autrement dit, vous les mettez sous votre microscope.

— Si vous voulez.

— Et quelles sont vous impressions sur ces Américains ?

— Ma foi, dit-elle avec hésitation, elles sont assez curieuses... D'abord, le jeune homme a rougi jusqu'à la racine des cheveux.

— Que voyez-vous là d'extraordinaire ? demanda sèchement Gérard.

Sarah éclata de rire.

— Vous pensez qu'il m'a prise pour une effrontée qui lui faisait des avances ? En vérité, je ne le crois pas. Les hommes devinent toujours à quel genre de femmes ils ont affaire, n'est-ce pas ?

Elle lui lança un coup d'œil interrogateur. Le docteur Gérard acquiesça d'un mouvement de tête.

— Il m'a fait l'impression, poursuivit Sarah d'une voix lente, d'être, comment vous expliquer ?... à la fois troublé et effrayé. C'est inconcevable ! Car, d'habitude, les Américains conservent leur sang-froid. Un jeune Yankee de vingt ans possède une connaissance de la vie plus grande et beaucoup plus de sens pratique qu'un Anglais du même âge. Or, le jeune Boynton doit avoir plus de vingt ans.

— Je lui donne vingt-trois ou vingt-quatre ans.

— Tant que cela ?

— Oui.

— Vous avez peut-être raison. Seulement il paraît très jeune.

— Mentalité faible. Caractère où persiste encore un côté enfantin.

— Alors, je ne me trompe pas. Il y a chez lui quelque chose d'anormal.

Le docteur Gérard haussa les épaules et sourit.

— Ma chère demoiselle, existe-t-il beaucoup de gens vraiment normaux ? Je vous accorde d'ailleurs que cet adolescent est en proie à une sorte de névrose.

— Due à cette horrible femme, sans aucun doute.

— Vous semblez la détester, dit Gérard, regardant la jeune fille d'un air intriqué.

— Oui. Elle me déplaît. Elle a... le mauvais œil.

— Comme beaucoup de mères lorsque leurs fils sont fascinés par de jolies filles.

Agacée, Sarah haussa les épaules. Ces Français étaient toujours les mêmes ! Ils ne songeaient qu'aux femmes ! Son esprit allait s'égarer dans ces considérations familières quand elle vit Raymond Boynton se lever pour se rendre à la table du milieu et y choisir un magazine. Comme il passait près de la chaise de Sarah en regagnant sa place, la jeune fille lui demanda :

— Avez-vous bien visité la ville aujourd'hui ?

Comment allait-il accueillir sa question ?

S'arrêtant à peine, Raymond rougit, effarouché, et son œil craintif se dirigea vers le centre de son groupe familial. Il murmura :

— Ma foi, oui, certainement. Je...

Puis, comme sous la piqûre d'un coup d'éperon, il rejoignit en hâte les siens, emportant son magazine.

La femme aux traits grotesques de bouddha tendit une main épaisse, mais comme elle prenait le périodique, ses yeux, ainsi que le constata le docteur Gérard, ne quittèrent pas le visage du jeune homme. En guise de remerciement, elle émit un grognement. Puis elle tourna légèrement la tête et considéra Sarah. Son masque demeurait impassible. Impossible de deviner ce qui se passait dans l'esprit de cette femme.

Sarah consulta sa montre et se leva, s'exclamant :

— Je ne croyais pas qu'il fût si tard ! Merci beaucoup, docteur Gérard, de m'avoir offert cette tasse de café. Maintenant, il faut que je fasse un peu de correspondance.

Le médecin lui serra la main.

— Nous nous reverrons, je l'espère.

— Certainement. Peut-être viendrez-vous à Pétra ?

— J'essaierai.

Sarah sourit et s'éloigna. Pour sortir, elle passa près de la famille Boynton.

Le docteur Gérard observait la scène. Mrs Boynton se tourna vers son fils. La mère et le fils s'entre-regardèrent. Puis Raymond Boynton tourna la tête, non pas vers la jeune fille mais du côté opposé, d'un mouvement long et contraint : la vieille Mrs Boynton venait de tirer sur une ficelle invisible.

Sarah s'aperçut du manège et en fut blessée. Elle et Raymond avaient eu ensemble une si aimable conversation dans le couloir oscillant des wagons-lits ! Ils avaient comparé leurs souvenirs d'Egypte, s'étaient amusés du stupide jargon des âniers et des camelots. Sarah avait raconté qu'un chamelier lui ayant demandé plein d'espoir et d'insolence : « Vous, lady américaine ou anglaise ? », elle lui avait répondu : Non, Chinoise. » Elle avait ri en voyant la déception peinte sur le visage de l'indigène. Raymond s'était comporté comme un collégien sérieux, aimable et empressé. Et maintenant, sans rime ni raison, il se montrait timide, rustre... presque grossier.

« Ce garçon-là ne m'intéresse plus du tout », songea Sarah, indignée.

Sans être orgueilleuse à l'excès, elle possédait une haute opinion d'elle-même. Elle se savait séduisante et n'acceptait pas d'être dédaignée de l'élément masculin.

Peut-être avait-elle témoigné une amitié exagérée à ce jeune garçon que, pour une cause inconnue, elle avait pris en pitié.

Mais, à présent, plus de doute ; ce n'était qu'un malotru, suffisant et mal poli par-dessus le marché.

Au lieu de faire sa correspondance comme elle l'avait annoncé au docteur Gérard, Sarah King s'assit devant sa table de toilette, brossa ses cheveux en arrière de son front, regarda dans la glace ses yeux troublés et fit l'inventaire de sa jeune existence.

Elle venait de traverser une crise sentimentale aiguë. Un mois auparavant, elle avait rompu ses fiançailles avec un médecin, de quatre ans son aîné. Bien qu'attirés l'un vers l'autre, ils avaient des tempéraments trop semblables et, à tout bout de champ, surgissaient entre eux des querelles et des désaccords. Sarah était elle-même trop autoritaire pour accepter froidement la domination d'un homme. Comme beaucoup de femmes, elle s'imaginait admirer la force. Elle s'était dit qu'elle aimerait un homme capable de la dompter. Lorsqu'elle avait rencontré ce maître tant désiré, elle s'était aperçue qu'elle s'était trompée sur elle-même. Cette rupture lui avait brisé le cœur, mais elle avait eu assez de bon sens pour comprendre que le seul attrait physique ne constitue pas une base suffisante pour assurer toute une vie de bonheur. En manière de consolation, elle s'était accordé des vacances à l'étranger avant de se remettre sérieusement au travail.

Au bout d'un instant, elle revint au réalités présentes.

— Je me demande, songeait-elle, si le docteur Gérard me permettrait de discuter avec lui de ses œuvres. Elles sont tellement admirables ! Si au moins il me prenait au sérieux ! Peut-être, s'il vient à Pétra...

Puis elle reporta ses pensées sur le jeune Américain. Bien qu'elle ne doutât pas que seule la présence de sa famille lui eût dicté sa conduite, elle éprouvait pour lui un dédain, où entrait un peu de rancune. Se soumettre ainsi à la férule maternelle, c'était vraiment peu viril.

Et pourtant...

Une impression bizarre s'empara d'elle. Sûrement, il devait se passer quelque drame dans cette famille.

— Ce garçon a besoin qu'on le sauve. Je vais m'y employer !

CHAPITRE III

DIAGNOSTIC

Lorsque Sarah quitta le salon, le docteur Gérard demeura assis encore quelques minutes. Puis il alla prendre sur une table le dernier numéro du *Figaro* et s'installa dans un fauteuil à quelques mètres de la famille Boynton. Tout d'abord, il s'était amusé de l'intérêt pris par la jeune Anglaise pour cette famille américaine, découvrant malicieusement qu'il était inspiré par un seul des membres de la famille. Mais à présent ces gens éveillaient chez lui la curiosité de l'homme de science.

Discrètement abrité par son journal, il les étudia. D'abord, le jeune garçon, objet de l'attention particulière de la jolie fille d'Albion. De toute évidence, pensait Gérard, c'était bien le genre d'homme qui devait répondre au tempérament de Sarah King, femme énergique, aux nerfs solides, à la tête froide et à la forte volonté.

Le docteur Gérard le jugeait sensible, intelligent, timide et très influençable. Ses yeux de médecin discernaient en cet adolescent une vive tension nerveuse. Intrigué, il se demandait pourquoi ce jeune homme, dont la santé physique ne faisait aucun doute, qui voyageait à l'étranger pour son plaisir, était en proie à cette crise aiguë.

L'attention du docteur Gérard se reporta ensuite sur les autres membres de la famille. La jeune fille aux cheveux châtains était la sœur de Raymond. Tous deux offraient le même type physique : ossature délicate, bien proportionnés avec, en outre, une distinction naturelle. Ils avaient tous deux les mains fines, le même visage ovale et le même port de tête sur un cou long et mince. Elle aussi donnait des signes de nervosité... Elle faisait de petits mouvements involontaires et ses yeux bistrés luisaient d'un éclat parti-

culier. Lorsqu'elle parlait, sa voix était saccadée et
haletante.

« Elle aussi a peur, songea le docteur Gérard. Oui,
elle a peur. »

Il surprit quelques bribes de leur conversation. Des
propos très ordinaires.

« Nous pourrions visiter les Ecuries de Salomon,
n'est-ce pas ? »

« Ne serait-ce pas un peu trop fatigant pour
mère ? » « Si nous allions ce matin au Mur des Lamentations ? » « Le Temple, naturellement... la Mosquée d'Omar, comme on l'appelle... Je me demande
pourquoi ? » « Parce qu'on l'a transformée en mosquée musulmane, Lennox. »

Somme toute, des réflexions banales de touristes.
Pourtant, le docteur Gérard était convaincu que sous
ces propos anodins se cachaient des sentiments tu-
multueux et trop profonds pour qu'on pût les exprimer...

De nouveau, il jeta un coup d'œil à la dérobée vers
le groupe.

Lennox ? C'était le frère aîné. On retrouvait chez
lui un air de famille avec ses deux cadets. Il paraissait plus calme, mais semblait bizarre, lui aussi.

Gérard, intrigué, fouilla dans ses souvenirs. Ce
jeune homme lui rappelait certains malades placide-
ment assis dans les salles d'hôpital.

« Il est épuisé... A bout de souffrance. Il a le regard
d'un chien blessé ou d'un cheval malade. Résignation
muette et animale. Cela aussi me semble étrange... il
ne fait aucun doute que, récemment, cet être-là a sub i
d'atroces tortures mentales. Maintenant, il est rési-
gné. Il attend le coup prêt à fondre sur lui... Quel
coup ? Serais-je le jouet de mon imagination ? Non.
Cet homme attend... attend un dénouement quelconque. Comme le cancéreux attend la bienfaisante
piqûre qui endormira sa douleur. »

Lennox Boynton se leva et ramassa la pelote de
laine que la vieille dame avait laissé échapper.

— Tenez, mère.

— Merci.

Que pouvait tricoter cette vieille femme impassible et monumentale ? Quelque article rugueux et grossier. « Des mitaines pour les pensionnaires d'un hospice », se dit Gérard, souriant à cette idée saugrenue.

Il consacra ensuite son attention à la cadette de la famille, la jeune fille à la chevelure mordorée. Elle pouvait avoir dans les dix-neuf ans. Sa peau avait une nuance claire et lumineuse, apanage ordinaire des rousses. Malgré sa maigreur, son visage était beau. La jolie enfant souriait, les yeux dans le vague, son esprit vagabondait loin de l'hôtel Salomon, loin de Jérusalem. La vue de ce sourire figé, et légèrement énigmatique, évoquant celui des Vierges de l'Acropole, serra le cœur du médecin.

Avec étonnement, il remarqua les mains de la jeune fille : dissimulés au reste du groupe par la table, ses doigts nerveux déchiquetaient un délicat mouchoir de batiste.

Il demeura interdit devant ce sourire irréel, ce corps immobile et ces mains qui détruisaient...

CHAPITRE IV

NADINE

Il y eut une toux sifflante d'asthmatique. Puis la femme monumentale qui tricotait prit la parole.

— Geneviève, tu es fatiguée, va te coucher.

La jeune fille sursauta. Ses doigts s'immobilisèrent.

— Je ne suis pas fatiguée, mère.

Gérard remarqua le ton mélodieux de la voix chantante qui prêtait un certain charme aux phrases les plus ordinaires.

— Tu es fatiguée. Je sais ce que je dis. Demain, tu ne pourras faire aucune excursion.

— Oh ! si, mère ! Je me sens tout à fait bien.

D'une voix rauque, épaisse et agaçante, la mère insista :

— Non, tu n'es pas bien. Va au lit, te dis-je !

— Non, non !

La jeune fille se mit à trembler.

— Je monterai avec toi, Jinny, dit une voix.

La jeune femme, aux grands yeux gris, au visage pensif et à la chevelure sombre bien coiffée, se leva.

La vieille Mrs Boynton intervint :

— Non, qu'elle monte seule !

— Je veux que Nadine m'accompagne ! cria Jinny.

— Mais oui ! mais oui ! Je monte avec toi, répéta la jeune femme, faisant un pas en avant.

La vieille répliqua :

— La petite préfère aller seule se coucher, n'est-ce pas, Jinny ?

Un court silence, puis Geneviève Boynton dit, sur un ton quasi indifférent :

— En effet, je préfère. Merci, Nadine.

Elle s'éloigna avec une grâce surprenante.

Le docteur Gérard abaissa son journal et observa à loisir la vieille Mrs Boynton. Elle suivait sa fille du regard et sa figure boursoufflée qui semblait sourire apparaissait comme la caricature du sourire angélique qui avait tout à l'heure transfiguré le visage de Geneviève.

Les yeux de la vieille femme se portèrent ensuite sur Nadine qui venait de se rasseoir. L'air imperturbable, Nadine soutint le regard méchant de sa belle-mère.

« A-t-on jamais vu pareille tyrannie ! » songea Gérard.

Brusquement, le regard de Mrs Boynton s'arrêta sur Gérard. Le médecin, déjà, l'avait jugée. Il ne s'agissait pas ici d'une malade autoritaire et gâtée, qu'on apaise en satisfaisant ses menus caprices. Cette vieille femme possédait une personnalité prodigieuse. Dans ses prunelles luisait la lueur mauvaise des yeux du cobra. Bien qu'âgée, infirme et malade, Mrs Boynton conservait une indiscutable énergie. Elle connaissait sa puissance, l'avait exercée toute sa vie durant, et n'avait jamais douté d'elle. Le docteur Gérard avait autrefois connu une femme qui exécutait des tours très dangereux dans la cage aux tigres. A sa voix, les grands fauves se glissaient à leurs places et accomplissaient leur travail dégradant. Leurs yeux et leurs grognements contenus trahissaient une haine profonde. Cependant, ils obéissaient. Cela parce que la dompteuse, jeune et douée d'une beauté altière, possédait un regard ressemblant à celui de Mrs Boynton.

Le docteur Gérard commençait à comprendre ce que dissimulaient les propos innocents de la famille : la haine. Une haine sombre et farouche.

« Ma parole ! se dit-il. Si mes amis le savaient, ils me traiteraient d'idiot. Quelle idée me prend de tisser un drame ténébreux autour de cette famille américaine des plus ordinaires, venue tout bonnement se distraire en Palestine ! »

Il considéra avec intérêt la jeune femme appelée Nadine. Elle portait une alliance à la main gauche. En ce moment, elle jetait un rapide coup d'œil vers le grand blond, Lennox.

Alors, il comprit tout...

Ces deux êtres-là étaient mari et femme. Pourtant, elle avait lancé vers l'homme un regard de mère plutôt que d'épouse, un regard protecteur, empreint de sollicitude. Le médecin, dans le même instant, découvrait autre chose : de tout ce groupe, Nadine Boynton était la seule qui échappait à la tyrannie de sa belle-mère. Peut-être détestait-elle la vieille femme, en tout cas, elle ne la craignait point. Si elle souffrait, c'était à cause de son mari. Pour elle, la puissance de sa belle-mère ne la touchait pas.

« Voilà qui devient passionnant ! » songea le docteur Gérard.

CHAPITRE V

Mr JEFFERSON COPE

Tandis que le médecin se livrait à ces spéculations peu réjouissantes, un homme entra dans le salon, aperçut la famille Boynton et se dirigea vers le groupe.

C'était un Américain d'âge moyen, d'aspect sympathique, le type classique du Yankee, élégamment vêtu, le visage rasé de près, la voix agréable et quelque peu monotone.

— Je vous cherchais, annonça-t-il.

Cérémonieusement, il serra la main à tous les membres de la famille.

— Comment vous portez-vous, madame Boynton ? Le voyage ne vous a pas trop fatiguée ?

Avec un semblant de grâce, la vénérable dame répondit, d'une voix sifflante :

— Non, merci. Comme vous le savez, ma santé est toujours précaire.

— Oui, c'est bien fâcheux.

— Mais cela ne va pas plus mal.

Elle ajouta, avec un sourire de reptile :

— Nadine s'occupe bien de moi, n'est-ce pas, Nadine ?

— Je fais de mon mieux, mère.

— Je n'en doute pas, dit le nouveau venu. Eh bien ! Lennox, que pensez-vous de la ville du roi David ?

— Ma foi, je n'en sais rien ! répondit Lennox, d'un ton veule.

— Seriez-vous déçu ? Je l'avoue, j'ai éprouvé la même impression lors de mon arrivée. Mais vous n'avez pas encore tout vu.

— Bien sûr, dit Carol Boynton. Nous ne pouvons visiter grand-chose à cause de mère.

Mrs Boynton expliqua :

— Deux heures de promenade, c'est tout ce que je peux faire dans une journée.

— Mais c'est merveilleux, madame Boynton ! s'empressa de dire le nouveau personnage.

Mrs Boynton grogna :

— Je n'écoute pas ma lassitude physique. Pour moi, seul l'esprit compte. Oui, l'esprit...

Sa voix s'éteignit. Gérard vit Raymond Boynton réprimer un geste nerveux.

— Avez-vous été au Mur des Lamentations, monsieur Cope ? demanda le jeune homme...

— Naturellement. Ce fut une de mes premières visites ici. Dans deux jours, j'aurai vu tout Jérusalem et Cook me dressera un itinéraire pour le reste de la Terre Sainte : Bethléem, Nazareth, Tibériade et la mer de Galilée. Tout cela sera passionnant ! Puis il y a Jérash, avec d'intéressantes ruines romaines. J'aimerais jeter un coup d'œil sur la ville rose de Pétra, un phénomène naturel très remarquable, mais cette excursion sort un peu de l'ordinaire et il faut au moins une semaine pour la faire convenablement.

— Oui, elle vaut d'être vue.

Mr Cope fit une pause, lança un regard hésitant vers Mrs Boynton, puis ajouta :

« Pourrais-je persuader quelques-uns d'entre vous de m'accompagner ? Bien entendu, madame Boynton, je sais que c'est impossible pour vous et certains de vos enfants voudront rester à vos côtés. Mais, si vous devez partager vos effectifs, si j'ose m'exprimer ainsi...

— Nous sommes une famille très unie. Qu'en dites-vous, mes enfants ? Je ne crois pas que nous tenions à nous séparer.

Sa voix sonnait étrangement et les protestations affluèrent, rapides.

— Oh ! Non, mère ! Non, mère !

— Vous voyez ! fit Mrs Boynton, avec un triomphant sourire. Ils ne veulent pas me quitter. Et vous, Nadine ? Vous n'avez rien dit.

— Moi non plus, mère. A moins que Lennox n'y tienne.

Mrs Boynton tourna la tête vers son fils.

— Eh bien ! Lennox, qu'en penses-tu ? Pourquoi

n'accompagnerais-tu pas Nadine ? Elle brûle d'envie d'y aller.

Il sursauta.

— Ma foi... non... Je crois préférable que nous restions ici tous ensemble.

Mr Cope déclara, avec une gaieté un peu forcée :

— Vous formez, en effet, une famille très unie !

— Nous nous suffisons, dit Mrs Boynton, enroulant sa pelote de laine. A propos, Raymond, qui est cette jeune personne qui te parlait tout à l'heure ?

Nerveux, Raymond rougit, pâlit et répondit :

— Je ne sais pas son nom. Elle était dans le même train que nous.

Lentement, avec de grands efforts, Mrs Boynton essaya de se soulever de son siège.

— Nous n'aurons pas grand commerce avec elle, je crois.

Nadine aida la vieille dame à sortir de son fauteuil.

— Nous allons nous coucher, fit Mrs Boynton. Bonne nuit, monsieur Cope.

— Bonne nuit, madame Boynton. Bonne nuit, madame Lennox.

Toute la famille s'éloigna, en une petite procession. Il ne vint à aucun des jeunes gens l'idée de rester en arrière.

Mr Cope les regarda sortir, une expression bizarre sur ses traits.

Le docteur Gérard savait par expérience que les Américains se lient facilement en voyage. Ils ne possèdent pas sur ce point les mêmes préjugés que certains Anglais. Pour un homme du monde tel que le docteur Gérard, rien n'était plus facile que de nouer connaissance avec Mr Cope. L'Américain ne demandait pas mieux que de bavarder avec un aimable compagnon. Le médecin lui tendit sa carte.

Mr Jefferson Cope y jeta les yeux et parut très impressionné.

— Le docteur Gérard ? fit-il. C'est bien vous qui, récemment, faisiez une tournée aux Etats-Unis ?

— Oui, l'automne dernier, j'ai donné une série de conférences à l'Université d'Harvard.

— Vous tenez, docteur, une place éminente dans votre profession. A Paris, votre nom fait autorité.

— Cher monsieur, vous m'emplissez de confusion. Je proteste...

— Non ! Non ! C''est pour moi un insigne honneur de parler avec vous. Le fait est qu'il se trouve en ce moment à Jérusalem des visiteurs de marque : vous, lord Welldon, et le financier Gabriel Steinbaum. Il y a aussi l'archéologue anglais, sir Manders Stone, ainsi que lady Westholme, très connue dans les milieux politiques, sans oublier le fameux détective belge, Hercule Poirot.

— Le petit Hercule Poirot est ici ?

— J'ai remarqué son nom dans le journal local parmi les nouveaux arrivés. On dirait que le monde entier s'est donné rendez-vous à l'hôtel Salomon. Un établissement de premier ordre, d'ailleurs, décoré avec beaucoup de goût.

Mr Jefferson Cope paraissait enchanté de la rencontre. Le docteur Gérard, quand il voulait, savait se rendre sympathique. Au bout de peu de temps, les deux hommes se rendirent au bar.

Après deux cocktails, Gérard demanda :

— Dites-moi, cher monsieur, les gens à qui vous parliez tout à l'heure représentent-ils le type classique de la famille américaine ?

Jefferson but son verre à petites gorgées et réfléchit un moment.

— Non, je ne dirais pas que c'est là le type de la famille américaine.

— Pourtant, ils semblent très unis ?

— Vous voulez dire que tous vivent dans l'ombre de la vieille dame ? Cette femme, il est vrai, est remarquable.

— Non ?

Il n'en fallait pas davantage pour délier la langue de Mr Cope.

— Laissez-moi vous apprendre, docteur que j'ai beaucoup observé cette famille tous ces derniers temps. Cela me soulagera d'en parler avec vous, si je ne vous ennuie pas.

Mr Gérard ayant protesté, Mr Jefferson Cope continua d'une voix lente :

— Mrs Boynton, je dois le dire avant tout, est de mes amies. Je ne parle pas de la belle-mère, mais de la jeune Mrs Lennox Boynton.

— C'est bien la charmante jeune personne aux cheveux noirs ?

— Oui, Nadine, Nadine Boynton. Elle possède un caractère d'or. Je l'ai connue avant son mariage, alors qu'elle était nurse dans un hôpital. Elle est entrée comme infirmière chez les Boynton et a épousé le jeune Lennox.

Mr Jefferson avala une gorgée de son cocktail et reprit :

— Si je ne vous importune pas, monsieur Gérard, je vais vous raconter l'histoire de la famille Boynton.

— Cela m'intéressera beaucoup.

— Eh bien ! voici. Feu Elmer Boynton était un homme agréable et très connu. Il se maria deux fois. Sa première femme mourut alors que Carol et Raymond étaient encore au berceau. La seconde Mrs Boynton, paraît-il, était alors une femme superbe. Évidemment, quand on la regarde à présent, cela semble impossible. Son mari ne voyait que par elle et se rangeait à son avis en toute occasion. Quelques années avant sa mort, il demeura infirme et sa femme s'occupa seule de l'éducation des enfants, avec beaucoup d'intelligence et de savoir-faire. Après le décès d'Elmer Boynton, elle se voua entièrement à sa famille. La dernière, Geneviève, la jolie petite rousse, un peu délicate, est sa propre fille. Mrs Boynton a « couvé » sa famille. Croyez-vous, docteur Gérard, que ce soit là une bonne méthode d'éducation ?

— Certes, non ! On étouffe ainsi la personnalité des enfants.

— Vous exprimez fort exactement ma pensée. Mrs Boynton protégeait sa famille de tout contact avec le monde extérieur. Résultat : tous sont extrêmement nerveux. Impressionnables au possible, ils ne peuvent se lier d'amitié avec personne. C'est fâcheux.

— Très fâcheux, en effet.

— Je ne doute pas des bonnes intentions de Mrs Boynton. Mais sa sollicitude va trop loin...

— Tous ses enfants vivent-ils avec elle ?

— Oui.

— Aucun des deux garçons ne travaille ?

— Non. Elmer Boynton avait fait un très gros héritage et il a laissé son immense fortune à sa femme... à la condition, toutefois, qu'elle entretiendrait toute la famille.

— Ainsi, financièrement, les enfants dépendent d'elle ?

— Oui. Et elle les encourage à vivre au foyer sans chercher d'occupations au-dehors. Rien ne les oblige à se créer une situation mais, à mon sens, pour les garçons tout au moins, le travail constitue un excellent tonique. Autre chose : ils vivent plus ou moins comme des ours ! Ils ne jouent pas au golf et n'appartiennent à aucun cercle. Fuyant les bals et la société des autres jeunes gens, ils habitent une véritable caserne en pleine campagne, à plusieurs kilomètres de toute agglomération. Je vous le répète, docteur Gérard, cette méthode d'éducation me semble stupide.

— A moi aussi.

— Aucun d'entre eux n'est sociable. Ils sont très unis, mais, en dehors de la famille, ils ne connaissent personne.

— Il n'y en a pas un qui ait cherché à s'évader de cette influence ?

— Pas que je sache. Ils ne réagissent pas.

— En rendez-vous responsable Mrs Boynton ?

Jefferson répondit avec un certain embarras :

— Oui, jusqu'à un certain point. Elle a mal élevé ses enfants. Cependant, lorsqu'un jeune homme atteint l'âge adulte, il a le droit de ruer dans les brancards et de quitter les jupons de sa mère, s'il aime un peu l'indépendance.

— C'est peut-être impossible.

— Comment, impossible ?

— Mon cher monsieur Cope, il existe des moyens d'empêcher un arbre de croître.

Cope ouvrit de grands yeux.

— Voyons, docteur Gérard, tous ces enfants se portent à merveille.

— L'esprit, comme le corps, peut se rabougrir et se déformer.

— Ils sont pourtant d'une intelligence au-dessus de la moyenne.

Gérard poussa un soupir. Jefferson Cope poursuivit :

— Croyez-m'en, docteur Gérard, chacun de nous possède son libre arbitre. Un homme digne de ce nom se libère de la servitude et accomplit son destin. Il ne reste pas immobile à se tourner les pouces. Quel respect une femme pourrait-elle éprouver pour un individu pareil ?

Gérard le considéra quelques instants et dit :

— Vous faites surtout allusion à Mr Lennox Boynton ?

— C'est effectivement à lui que je pensais. Raymond n'est guère encore qu'un enfant. Mais Lennox approche de la trentaine. Il est grand temps qu'il montre ce dont il est capable.

— Sa femme doit mener une existence pénible ?

— Nadine est une femme admirable et je l'estime plus que je ne saurais dire. Jamais on ne l'entend se plaindre. Mais je la sais malheureuse. Vous n'avez pas idée de son martyre.

— Je le devine.

— La patience d'une femme a des limites. A la place de Nadine, je mettrais le marché en main à Lennox. Ou bien il me montrerait qu'il est un homme, ou bien...

— Ou bien, elle le quitterait ?

— Nadine n'a-t-elle pas le droit de vivre sa vie ? Si Lennox n'apprécie pas ses qualités, un autre la trouvera à son goût.

— Vous... par exemple ?

L'Américain rougit, se redressa et regarda son interlocuteur avec dignité.

— Mais oui... et je n'ai pas honte de l'avouer.

« Je respecte cette jeune femme, je lui suis très attaché et je ne désire que son bonheur. Si je la savais heureuse auprès de Lennox, je disparaîtrais à jamais de sa vue.

— Mais dans les circonstances actuelles...

— Je suis là. J'attends ses ordres.

— Vous êtes, en somme, un parfait chevalier ?

— Plaît-il ?

— Mon cher monsieur, on ne trouve de pareils sentiments que chez les Américains. Vous servez la dame de vos pensées sans aucun espoir de récompense. C'est admirable ! En quoi comptez-vous lui être utile ?

— Je l'ignore, mais elle me trouvera toujours prêt à répondre à son appel.

— Puis-je connaître l'attitude de la vieille Mrs Boynton à votre égard ?

Jefferson Cope répondit d'une voix lente :

— Je ne suis jamais sûr de ce que pense la vieille dame. Comme je vous l'ai déjà dit, elle n'aime fréquenter personne. Quant à moi, je n'ai rien à lui reprocher : très aimable, elle me traite comme un membre de sa famille.

— En d'autres termes, elle approuve votre amitié pour Mrs Lennox ?

— Oui.

Le docteur Gérard haussa les épaules.

— Tout cela me paraît plutôt bizarre.

Jefferson Cope se cabra.

— Je vous assure, docteur Gérard, qu'il n'y a rien de malhonnête dans nos relations : mon amour est purement platonique.

— Je n'en doute pas. Cependant, laissez-moi vous répéter que je m'étonne de voir la vieille Mrs Boynton encourager ces sentiments. Sachez-le, monsieur Cope, Mrs Boynton m'intéresse... énormément.

— C'est une femme étonnante, douée d'une grande force de caractère et d'une personnalité exceptionnelle. Elmer, son mari, appréciait fort son jugement.

— A tel point qu'il a placé ses enfants sous son entière dépendance au point de vue financier. Dans mon pays, monsieur Cope, la loi interdit pareils agissements.

Mr Cope se leva.

— En Amérique, dit-il, nous sommes partisans de la liberté absolue.

Le docteur Gérard, nullement impressionné par cette remarque, quitta également son siège : lui aussi, il avait entendu proférer semblable absurdité par des individus de toutes nationalités. On a vite fait de croire que la liberté est l'apanage de sa race. Quelle illusion !

Le docteur Gérard était plus sage. Il savait qu'aucune race, aucun pays, aucun individu ne jouit de la liberté. Mais il reconnaissait volontiers qu'il existe des degrés dans la servitude.

Pensif, il monta dans sa chambre et alla se coucher.

CHAPITRE VI

L'ANCIENNE GARDIENNE DE PRISON

Sarah se tenait dans les parages du temple d'Haramesh-Shérif, le dos tourné au Dôme du Rocher. Elle écoutait le murmure des fontaines. Des touristes allaient et venaient sans troubler la sérénité de l'ambiance.

Sarah songeait que jadis ce plateau, qui avait servi d'aire à battre aux Jésubéens, avait été acquis par le roi David pour six cents sicles d'or et transformé en lieu saint. Aujourd'hui, on y entendait les idiomes de toutes les nations du globe...

Elle se détourna pour contempler la mosquée et se demanda si le Temple de Salomon était aussi beau.

Un bruit de pas résonna non loin d'elle : un petit groupe sortait de la mosquée. C'étaient les Boynton, escortés d'un guide loquace. Lennox et Raymond soutenaient leur mère. Nadine et Mr Cope les suivaient. Carol fermait la marche.

Après une hésitation, celle-ci se retourna et, sans faire de bruit, traversa la cour, rejoignant Sarah, qu'elle venait d'apercevoir.

— Excusez-moi, fit-elle, haletante. Il faut... il faut que je vous parle.

— Que se passe-t-il ?

Carol, très pâle, tremblait comme une feuille.

— C'est... au sujet de mon frère. Lorsque, hier soir, vous lui avez adressé la parole, vous avez dû le juger bien impoli. Mais ce n'est pas sa faute : il ne pouvait agir autrement. Je vous supplie de me croire.

Toute cette scène parut absurde aux yeux de Sarah. Sa fierté et son tact s'en trouvaient offusqués. Pourquoi cette inconnue venait-elle, à la dérobée, lui présenter des excuses pour la grossièreté de son frère ?

Elle fut sur le point de lui répondre vertement, mais elle se ravisa : la gêne peinte sur les traits de son interlocutrice la frappait et ce côté de la nature de Sarah, qui l'avait poussée à embrasser la carrière médicale, réagit devant l'angoisse de la jeune fille.

Elle lui dit d'un ton encourageant :

— Je vous écoute, mademoiselle.

— Il vous a parlé dans le train, n'est-ce pas ?

— Oui. Ou plutôt c'est moi qui lui ai adressé la parole.

— Il n'en pouvait être autrement. Mais, hier soir, Ray avait peur.

— Peur de quoi ?

Le visage de Carol s'empourpra.

— Oui, je sais, cela semble absurde, ridicule. Vous comprenez, ma mère est malade. Elle nous interdit de parler aux autres. Mais je suis certaine que Ray serait heureux d'être votre ami.

Ce début intrigua Sarah. Avant qu'elle eût pu répondre, Carol continuait :

— Je sais que vous allez me trouver stupide, mais nous sommes une drôle de famille.

Elle jeta un rapide coup d'œil autour d'elle, comme une bête traquée et ajouta :

— Je m'en vais. On va se demander ce que je suis devenue.

Sarah prit alors une décision :

— Pourquoi ne resteriez-vous pas avec moi si vous le désirez ? Nous pourrions rentrer ensemble.

— Non, fit Carol en reculant. Je n'ose pas.

— Pourquoi ?

— Impossible. Ma mère serait...

Sarah lui dit d'une voix sereine :

— Les parents ne se rendent pas toujours compte que leurs enfants grandissent. Ils s'obstinent à vouloir diriger tous leurs actes. Il ne faut pas se laisser faire. Chacun doit défendre ses droits.

— Vous ne comprenez pas. Pas du tout ! murmura Carol, dont les mains se tordaient nerveusement.

Sarah insista :

— On cède parfois afin d'éviter des scènes, toujours désagréables. Mais, à mon avis, la liberté vaut qu'on lutte pour elle.

— La liberté ? répéta Carol, regardant fixement Sarah. Aucun de nous n'a encore été libre et ne le sera jamais.

— Vous racontez des sottises ! s'exclama Sarah.

Carol se pencha vers elle et lui toucha le bras.

— Ecoutez. Je vais essayer de vous faire comprendre. Avant son mariage, ma mère — ou plutôt ma belle-mère — était gardienne dans la prison dont mon père était le gouverneur. Près de nous, elle continue son métier de geôlière. Voilà pourquoi notre existence ressemble à celle des prisonniers.

De nouveau, elle regarda autour d'elle.

— On s'est aperçu de mon absence... Il faut que je me sauve.

Comme elle s'enfuyait, Sarah la retint par le bras :

— Une minute ! Nous nous reverrons pour bavarder.

— Inutile ! Jamais je ne le pourrai.

— Mais si ! fit Sarah, d'un ton autoritaire. Quand tout le monde sera couché, venez me retrouver dans ma chambre. C'est le 319. Retenez bien : 319.

Elle lui lâcha le bras et Carol courut rejoindre les siens.

Sarah la suivit des yeux. Le docteur Gérard, qui arrivait derrière elle, la tira de ses réflexions.

— Bonjour, mademoiselle King ! Vous parliez à Miss Carol Boynton ?

— Oui, nous venons d'avoir ensemble une conversation extraordinaire. Laissez-moi vous raconter cela.

Elle répéta en substance leur entretien.

— Ainsi, dit Gérard, elle était gardienne de prison ! Tout s'explique !

— Vous croyez que sa tyrannie vient de son ancien métier ?

Gérard hocha la tête.

— Non, je la soupçonne plutôt d'avoir choisi ce métier par amour de la tyrannie, pour associer un secret désir d'opprimer ses semblables.

Son visage devint grave. Il reprit :

— D'étranges instincts se cachent dans notre subconscient : la soif de domination... la cruauté... le besoin de détruire... Oui, Miss King, nous portons en nous cette volupté du meurtre et de la sauvagerie, héritage de notre passé barbare... Nous fermons la porte et nous refusons de les écouter, mais ces instincts sont parfois trop forts.

Sarah frémit.

— Voyez ce qui se passe autour de nous, continua Gérard, étudiez de près les passions politiques et ceux qui, de nos jours, conduisent les hommes. On constate une réaction contre l'humanitarisme, la pitié et la fraternité humaines. Parfois, les idées paraissent excellentes... un régime prudent... un gouvernement bienfaisant, mais imposé par la force, et ne s'appuyant que sur la cruauté et la peur. Ces apôtres de la violence ouvrent la porte à la sauvagerie primitive, à la cruauté sadique. Le problème est compliqué, je vous l'accorde. L'homme est un animal équilibré. Une nécessité primordiale s'impose à lui : se survivre. Aller trop de l'avant lui est aussi funeste que de traîner en arrière. Il doit se survivre. Pour cela, il est souvent contraint de conserver une partie de l'ancienne sauvagerie, mais il ne doit, en aucun cas, la déifier !

Après un silence, elle demanda :

— Alors, selon vous, la vieille Mrs Boynton est une espèce de sadique ?

— J'en suis presque certain. Je crois qu'elle se complaît à faire souffrir. Je parle d'une souffrance mentale, et non physique. Le cas est plus rare et plus difficile à étudier.

— C'est inconcevable ! dit Sarah.

— Cette vieille prend plaisir à tyranniser les siens, conclut-il.

— Je le crois ! Mais pourquoi ne se libèrent-ils pas de sa tutelle ? Rien ne les en empêche.

Gérard hocha la tête.

— Là-dessus, vous faites erreur. Connaissez-vous la vieille expérience du coq ? On trace une ligne à la craie sur le sol et on y applique le bec du volatile. Le coq s'imagine qu'il est attaché et ne peut même lever la tête. Il en va de même pour ces malheureux. Elle les domine depuis leur plus tendre enfance et exerce sur eux une influence terrible. Elle les a hypnotisés au point qu'ils ne peuvent lui désobéir. Evidemment, d'aucuns traiteraient nos conceptions de stupides, mais nous savons à quoi nous en tenir. Elle leur a inculqué l'idée qu'ils dépendent d'elle absolument et en toutes circonstances. Ils sont emprisonnés depuis si longtemps que, même si la porte de leur geôle venait à s'ouvrir, ils ne s'en apercevraient pas. Pas un d'entre eux ne réclame la liberté et tous la redoutent.

D'esprit très pratique, Sarah demanda :

— Qu'arrivera-t-il à la mort de Mrs Boynton ?

Gérard haussa les épaules.

— Cela dépend d'abord du moment où cet événement se produira. Si elle disparaissait à présent, il ne serait peut-être pas encore trop tard. Raymond et sa sœur sont encore jeunes et malléables. Ils deviendraient sans doute des êtres normaux. Quant à Lennox, son cas me semble désespéré. Il se laisse vivre et conduire comme un animal sans volonté.

— Sa femme aurait dû intervenir depuis longtemps et le sortir de là ! s'indigna Sarah.

— Elle a peut-être essayé en vain.

— Croyez-vous qu'elle aussi subisse le joug de Mrs Boynton ?

— Non. Sa belle-mère n'exerce aucune influence sur elle et la déteste d'autant plus amèrement.

— Je n'arrive pas à comprendre Mrs Lennox. Voit-elle exactement ce qui se passe ?

— Oh ! oui, elle est assez fine pour cela.

— Hum ! Cette vieille guenon devrait être supprimée ! trancha Sarah. Une goutte d'arsenic dans son thé du matin, voilà mon ordonnance. Et que pensez-vous de la plus jeune des filles, la petite aux cheveux roux et au sourire angélique ?

— Je ne saurais dire. Il y a là-dessous quelque chose de louche. Geneviève est la propre fille de la vieille.

— Oui, et on la traite différemment des autres.

Gérard expliqua d'une voix lente :

— Lorsque le goût de la tyrannie et de la cruauté s'est emparé d'un être humain, il n'épargne personne, pas même ceux qui lui sont le plus cher.

CHAPITRE VII

UNE ESCAPADE

Sarah se demandait si Carol Boynton viendrait ce soir-là à son rendez-vous. Elle en doutait presque.

Pourtant, elle se prépara à la recevoir, passa un

peignoir de satin bleu et mit de l'eau à bouillir sur sa petite lampe à alcool.

Elle ne comptait plus sur la venue de Carol et se disposait à se coucher, car il était plus d'une heure du matin, quand on frappa à sa porte. Elle ouvrit. Carol entra.

— J'avais peur que vous ne fussiez déjà couchée, dit-elle, d'une voix haletante.

Sarah s'efforça de parler d'un ton naturel :

— Je vous attendais. Voulez-vous une tasse de thé ? C'est du vrai Lapsang Souchong. Prenez un biscuit.

La visiteuse accepta et bientôt recouvra son calme.

— C'est amusant, n'est-ce pas, de prendre le thé à cette heure-ci ?

Carol parut un peu surprise de cette question.

— Oui, répondit-elle vaguement. Oui, peut-être.

— Cela me rappelle les petites dînettes de minuit que nous faisions en pension, continua Sarah. Vous ne connaissez sans doute pas la vie de pension ?

— Nous n'avons jamais quitté la maison. Nous avions une gouvernante, ou plutôt... nous en avons eu plusieurs, car elles ne demeuraient pas longtemps.

— Vous n'avez pas beaucoup voyagé ?

— Non. Nous n'avons jamais quitté notre maison et ce voyage est notre première sortie.

— Alors, c'est pour vous la grande aventure ?

— Oui ! Nous croyons rêver.

— Pourquoi votre belle-mère a-t-elle décidé ce grand déplacement ?

Devant cette allusion à Mrs Boynton, Carol sourcilla et Sarah s'empressa d'ajouter :

— Vous comprenez, je viens de passer ma thèse en médecine et votre mère — ou plutôt votre belle-mère — est un sujet très intéressant, du point de vue pathologique.

Etonnée, Carol ouvrit de grands yeux.

Sarah avait parlé ainsi avec l'intention bien définie de dépouiller Mrs Boynton de son aspect terrifiant d'idole sacrée et redoutable.

— Certaines personnes, expliqua-t-elle, sont atteintes d'un besoin morbide de domination. Elles veulent que tout le monde se plie à leur volonté et deviennent insociables.

Carol posa sa tasse et s'exclama :

— Je suis contente de vous entendre ! Mon frère Raymond et moi finissions par n'y rien comprendre.

— Il fait bon, parfois, se confier à une personne étrangère. Entre membres d'une même famille, on a tendance à exagérer les choses.

Puis, d'un ton détaché, elle demanda :

— Si vous êtes malheureuse, pourquoi ne quitteriez-vous pas la maison ? Y avez-vous songé ?

— Oh ! non ! D'abord, comment faire ? Jamais mère ne le permettrait.

— Elle ne peut vous en empêcher. Vous êtes majeure ?

— J'ai vingt-trois ans.

— Raison de plus.

— Mais je ne saurais où aller, ni que faire. Vous comprenez, nous n'avons pas d'argent.

— Vous n'avez pas d'amis chez qui vous réfugier ?

— Des amis ?

Carol secoua la tête.

— Nous ne connaissons personne.

Devant l'extrême confusion de la jeune fille, Sarah changea de sujet et demanda :

— Aimez-vous votre belle-mère ?

Carol hésita, puis murmura, effrayée :

— Je la hais ! Raymond aussi. Maintes fois nous avons souhaité sa mort.

De nouveau, Sarah aiguilla la conversation sur un autre sujet.

— Parlez-moi un peu de votre frère aîné.

— Lennox ? Je ne sais à quoi il pense. Il parle à peine, il est toujours dans les nuages. Nadine se tourmente beaucoup à son sujet.

— Avez-vous de l'affection pour votre belle-sœur ?

— Oui. Nadine est très gentille. Elle souffre, elle aussi.

— A cause de votre frère ?

— Oui.

— Depuis quand sont-ils mariés ?

— Quatre ans.

— Ont-ils toujours vécu près de vous ?

— Oui.

— Est-ce que cette existence-là plaît à votre belle-sœur ?

— Non.

Après une pause, Carol ajouta :

— Voilà quatre ans, il y a eu toute une histoire. Comme je vous l'ai dit, aucun de nous ne sort de la maison, du moins en dehors de la propriété. Mais, un soir, Lennox est allé à Fountain Springs, où l'on donnait un bal. Lorsque mère l'a su, elle s'est mise dans une colère furieuse. Après cet incident, elle a demandé à Nadine de venir vivre chez nous. Nadine est une petite cousine de notre père. Très pauvre, elle travaillait comme infirmière dans un hôpital. Pendant un mois, elle demeura à la maison. Elle et Lennox sont tombés amoureux l'un de l'autre. Alors, mère a décidé de les marier et de les garder à la maison.

— Cette solution plaisait à Nadine ?

Carol hésita :

— L'idée ne lui souriait guère, mais elle s'y résigna. Un peu plus tard, elle voulut partir avec son mari, mais...

— Mais ils restèrent, conclut Sarah.

— Oui, mère s'opposait à leur départ. Depuis, elle ne peut plus supporter Nadine. Mais Nadine est... drôle : on ne sait jamais ce qu'elle pense. Elle s'occupe constamment de Jinny et mère voit cette sollicitude d'un mauvais œil.

— Jinny est votre plus jeune sœur ?

— Oui. En réalité, elle s'appelle Geneviève.

— Est-elle malheureuse, elle aussi ?

— Depuis ces derniers temps, Jinny est bizarre. Je ne la reconnais plus. Sa santé est plutôt délicate et mère la rend plus malade à force de soins. On dirait par moment que Jinny perd la tête et ne sait plus ce qu'elle fait.

— L'a-t-on fait examiner par un médecin ?

— Nadine le désirait, mais mère s'y refusa. Jinny piqua des crises de nerfs, poussa des cris en disant qu'elle ne voulait pas voir de médecin. Mais son état m'inquiète.

Brusquement, Carol se leva.

— Je ne veux pas vous faire veiller plus longtemps. Vous avez été très aimable de m'inviter ce soir. Nous devons vous sembler une famille bien singulière ?

— Chacun de nous est plus ou moins étrange. Revenez me voir, voulez-vous ? Et faites-moi l'amitié d'amener votre frère.

— Vraiment ?

— Oui, nous comploterons ensemble. Je désire vous faire rencontrer un de mes amis, le docteur Gérard, un Français. Il est charmant.

Les joues de Carol s'empourprèrent de plaisir.

— Cela sera très amusant. Pourvu que mère ne le sache pas !

Sarah réprima une réflexion qui lui montait aux lèvres et se contenta de dire :

— Pourquoi le saurait-elle ? Bonne nuit. Alors, c'est entendu ? Demain, à la même heure ?

— Oui.

— Alors, à demain ! Bonne nuit.

— Bonne nuit... et merci.

Carol quitta la chambre de Sarah et se glissa sans bruit dans le couloir. Elle habitait l'étage au-dessus. Arrivée à sa porte, elle l'ouvrit... et s'arrêta, effrayée, sur le seuil.

Drapée dans un peignoir de laine écarlate, Mrs Boynton était assise dans un fauteuil près de la cheminée.

Carol laissa échapper un petit cri.

— Oh !

Une paire d'yeux noirs se plantèrent dans les siens.

— D'où viens-tu, Carol ?

— Je... Je...

— D'où viens-tu ?

Sa belle-mère parlait d'une voix rauque, pleine de menace, qui plongea la jeune fille dans une terreur indicible.

— J'ai été voir Miss King... Sarah King.

— Cette personne qui a parlé à Raymond l'autre soir ?

— Oui, mère.

— As-tu l'intention de la revoir ?

Carol remua les lèvres, mais aucun son ne sortit de sa bouche. Submergée par une vague de frayeur, elle esquissa un signe de tête affirmatif.

— Quand ? demanda Mrs Boynton.

— Demain soir.

— Tu n'iras plus chez elle. Est-ce compris ?

— Oui, mère.

— Tu me le promets ?

— Oui... Oui...

Mrs Boynton fit un effort pour se lever. Machinalement, Carol s'avança pour l'aider. Mrs Boynton traversa la pièce en s'appuyant sur sa canne. Avant de sortir, elle se retourna vers la jeune fille atterrée.

— Je te défends de fréquenter cette miss King. Est-ce bien entendu ?

— Oui, mère.

— Répète-le.

— Je ne dois pas fréquenter miss King.

— Bon !

Mrs Boynton s'éloigna et ferma la porte derrière elle.

D'un pas d'automate, Carol alla vers son lit. Désespérée, elle se jeta sur sa couche et éclata en sanglots.

Tout à l'heure, elle entrevoyait une perspective ensoleillée, un paysage rempli de fleurs et de verdure...

Maintenant, les murs noirs se refermaient sur elle.

CHAPITRE VIII

UN HOMME VEULE

— Pourrais-je vous dire un mot ?

Surprise, Nadine Boynton se retourna et vit le visage sombre et ardent d'une jeune inconnue.

— Très volontiers.

Tout en parlant, Nadine lança, presque inconsciemment, un regard par-dessus son épaule.

— Permettez-moi de me présenter : je m'appelle Sarah King.

— Ah ?

— Madame Boynton, je vais vous apprendre une nouvelle qui ne laissera pas de vous étonner. Hier soir, j'ai parlé un long moment avec votre belle-sœur.

Un léger nuage passa sur les traits sereins de Nadine Boynton.

— Vous avez parlé à Geneviève ?

— Non pas à Geneviève. A Carol !

Le nuage se dissipa. Nadine Boynton semblait satisfaite, mais surprise.

— Comment avez-vous fait ?

— Elle est venue dans ma chambre, à une heure assez tardive, répondit Sarah.

Elle remarqua un imperceptible froncement des sourcils de la jeune femme, puis ajouta avec embarras :

— Vous devez trouver cela étrange ?

— Non, répondit Nadine Boynton. Vous me voyez très heureuse d'apprendre que Carol a trouvé en vous une amie à qui se confier.

— Nous nous entendons à merveille. De fait, nous devions nous revoir le lendemain soir.

— Ah !

— Mais Carol n'est pas venue.

— Comment cela ?

La voix calme et réfléchie de Nadine, son expression douce et aimable ne révélèrent rien à Sarah.

— Hier, comme elle traversait le vestibule, je l'ai interpellée et elle ne m'a point répondu. Elle m'a seulement regardée et s'est éloignée en hâte.

— Je comprends.

Il y eut un silence, Sarah ne savait comment reprendre la conversation, mais Nadine Boynton lui dit :

— J'en suis vraiment fâchée, Carol est une jeune fille un peu nerveuse.

Nouvelle pause. Sarah prit son courage à deux mains.

— Madame Boynton, je vous parle en médecin. Je crois qu'il serait bon que votre belle-sœur se liât avec des personnes de son âge.

Pensive, Nadine Boynton considéra un instant Sarah, puis elle dit :

— Si vous vous placez au point de vue médical, c'est différent.

— Vous me comprenez, n'est-ce pas ?

Nadine, toujours pensive, baissa la tête.

— Vous avez sans doute raison. Mais il y a des empêchements. Ma belle-mère ne jouit pas d'une bonne santé et souffre de ce que je pourrais appeler une répulsion morbide à voir des étrangers pénétrer dans le cercle familial.

— Mais Carol est maintenant une femme, prononça Sarah, indignée.

Nadine Boynton, hocha la tête.

— Non... du moins pas mentalement. Si vous lui avez parlé, vous avez dû vous en rendre compte. Devant une décision à prendre, elle se comporte comme une enfant effrayée.

— Alors, selon vous, c'est ce qui a eu lieu ? Elle a pris peur ?

— Je suppose, miss King, que ma belle-mère a insisté pour que Carol ne vous revoie plus.

— Et Carol a obéi ?

— Comment faire autrement ? s'empressa de répondre Nadine Boynton.

Les deux femmes échangèrent un long regard.

Sarah comprit que, sous le masque des paroles conventionnelles, elles s'entendaient parfaitement. Nadine se rendait compte de la situation, mais préférait ne pas la discuter.

Sarah éprouva un profond découragement. L'autre soir, il lui avait semblé que la bataille était à demi gagnée. Grâce à leurs rencontres clandestines, elle avait espéré inculquer à Carol l'esprit de révolte... et aussi à Raymond. (En toute franchise, n'était-ce pas plutôt Raymond à qui elle n'avait cessé de songer ?) Et, dès le premier round, elle avait été honteusement mise hors de combat par cette masse de chair molle aux regards chargés de convoitise !

— Tout cela est injuste ! s'écria Sarah.

Nadine ne répliqua point.

Les grilles de l'ascenseur s'ouvraient à cet instant. La grosse Mrs Boynton en sortit, appuyée sur sa canne et soutenue par son fils Raymond.

Sarah sursauta. Le regard de la vieille dame se posa sur Nadine, puis sur elle. Sarah s'était attendue à y découvrir une lueur de haine, mais non pas une flamme de joie mauvaise.

Sarah s'éloigna.

— Vous voilà, Nadine, fit Mrs Boynton. Je vais m'asseoir et me reposer un peu avant de sortir.

Nadine et Raymond l'installèrent dans un fauteuil à haut dossier.

— A qui parliez-vous, Nadine ?

— A Miss King.

— Ah oui ! Cette fille qui a interpellé Raymond. Eh bien ! Ray, pourquoi ne vas-tu pas bavarder maintenant avec elle ? Tiens ! Elle est là-bas en train d'écrire.

La bouche de la vieille femme s'élargit dans un sourire démoniaque. Sous le regard de sa mère, Raymond se mit à rougir. Il détourna la tête et murmura quelques mots indistincts.

— Que dis-tu, mon fils ?

— Je le savais bien ! Tu ne parleras plus à cette femme. Même si tu le voulais, je t'en empêcherais !

Elle toussa.

— Ce voyage me plaît infiniment, Nadine. **Pour** rien au monde, je n'aurais voulu m'en priver.

— Ah ?

La voix de Nadine était sans expression.

— Ray !

— Oui, mère.

— Va me chercher une feuille de papier à lettre, sur la table, là-bas, dans le coin.

Raymond s'empressa d'obéir. Nadine leva la tête. Elle observait, non pas le jeune homme, mais la vieille Mrs Boynton, penchée en avant, les narines dilatées de plaisir. Ray passa tout près de Sarah. Celle-ci le regarda, un subit espoir passa sur son visage et s'évanouit aussitôt. Le garçon prit le papier à lettres et retourna près de sa mère.

Quand il la rejoignit, la sueur perlait sur son front. Il était d'une pâleur mortelle.

— Eh bien ? fit Mrs Boynton d'une voix douce.

Elle s'aperçut alors que Nadine l'observait et la colère brilla dans ses yeux.

— Où est donc Mr Cope ce matin ? demanda-t-elle.

Nadine baissa les paupières et répondit de sa voix indifférente :

— Je ne sais pas. Je ne l'ai pas vu.

— Ce monsieur me plaît beaucoup, dit Mrs Boynton. Tâchons de le voir le plus possible. Cela vous fera plaisir, n'est-ce pas ?

— Oui, répondit Nadine. Je le trouve sympathique.

— Qu'a donc Lennox depuis quelque temps ? Il a l'air bien triste. Il ne s'est rien passé entre vous, au moins ?

— Non. Pourquoi ?

— Simple curiosité de ma part. Les gens mariés, vous le savez, ne s'accordent pas toujours très bien. Peut-être seriez-vous plus heureux si vous aviez votre chez vous ?

La jeune femme garda le silence.

— L'idée vous sourirait-elle ?

Nadine hocha la tête et répondit :

— Elle ne vous sourirait sûrement pas, mère.

Les paupières de Mrs Boynton clignotèrent. Elle observa, d'une voix sèche et mordante :

— Vous êtes constamment contre moi, Nadine.

D'un ton monotone, la jeune femme répliqua :

— Je suis navrée que ce soit là votre opinion.

Mrs Boynton empoigna sa canne et sa figure s'empourpra. Puis changeant de ton, elle dit :

— J'ai oublié mes gouttes. Allez me les chercher, Nadine.

— Volontiers.

Nadine traversa le salon pour gagner l'ascenseur, suivie des yeux par sa belle-mère. Raymond, affalé dans un fauteuil, jetait autour de lui des regards tristes et las.

Arrivée à l'étage, Nadine longea le couloir et entra dans le salon de leur appartement. Lennox était assis près de la fenêtre, un livre à la main, mais il ne lisait point. Il tourna la tête à l'entrée de sa femme.

— C'est toi, Nadine ?

— Oui. Je viens chercher les gouttes de mère. Elle les a oubliées.

Elle entra dans la chambre à coucher de Mrs Boynton. D'un flacon posé sur la tablette du lavabo, elle versa soigneusement une dose dans un petit verre médical.

Comme elle traversait à nouveau le salon, elle s'arrêta.

— Lennox ! appela-t-elle.

L'esprit ailleurs, il ne répondit pas tout de suite.

— Que dis-tu ? fit-il, enfin.

Nadine posa le verre sur la table, puis s'approcha de son mari.

— Lennox, regarde le soleil qui brille... au-dehors ! Contemple la vie... Tout cela est beau ! Nous pourrions nous promener dans ce paysage... au lieu de l'admirer par une fenêtre.

Après un silence, Lennox demanda :

— Veux-tu sortir ?

— Oui ! Avec toi ! Je veux jouir du soleil, goûter la vie... vivre avec toi !

Il se carra dans son fauteuil.

— Ma chère Nadine, est-il bien utile de revenir encore sur cette question ?

— Oui, il le faut. Fuyons ensemble, loin d'ici.

— Comment faire ? Et l'argent ?

— Nous pouvons en gagner.

— Comment ? Je ne sais rien faire !

— Je gagnerai de l'argent pour nous deux.

— Ma chérie, tu n'as même pas achevé tes études d'infirmière ! La situation est sans issue.

— C'est notre existence actuelle qui est insupportable.

— Tu parles sans réfléchir. Mère se montre pleine de bonté envers nous et nous entoure de tout le luxe possible.

— Oui, il ne nous manque que la liberté. Voyons, Lennox. Fais un effort ! Fuyons ensemble... Aujourd'hui même !

— Nadine, tu perds la tête !

— Non, j'ai tout mon bon sens, mais j'ai soif de vivre ! Je veux vivre avec toi au grand soleil, au lieu de me faner dans l'ombre d'une vieille femme tyrannique qui se complaît à nous rendre malheureux.

— Mère est autoritaire, j'en conviens...

— Ta mère est folle ! Folle à lier !

Il répondit d'une voix douce :

— Ce n'est pas vrai. Elle est remarquablement douée pour les affaires.

— Peut-être.

— Et puis, Nadine, tu devrais comprendre. Elle ne vivra pas toujours. Elle vieillit... A sa mort, la fortune de mon père sera divisée entre nous tous en parts égales. Rappelle-toi : elle nous a lu son testament.

— Quand elle mourra, il sera peut-être trop tard.

— Trop tard ?

— Trop tard pour être heureux.

Lennox répéta tout bas :

— Trop tard pour être heureux...

Nadine lui posa la main sur l'épaule.

— Lennox ! Je t'adore ! Dans cette lutte entre moi et ta mère, te rangeras-tu de son côté ou du mien ?

— Du tien... du tien !

— Alors, fais ce que je te demande.

— Impossible !

— Mais si ! Songe donc, Lennox ! Nous aurions des enfants.

— Mère voudrait que nous en ayons. Ne nous l'a-t-elle pas maintes fois répété ?

— Je sais. Cependant, je ne mettrai jamais des enfants au monde pour les voir élevés comme vous. Ta mère peut t'influencer, mais elle n'exerce aucun pouvoir sur moi.

— Tu te montres polie et aimable envers elle, mais parfois, tu l'irrites, Nadine.

— Elle m'en veut parce qu'elle se rend compte de son impuissance en ce qui me concerne !

— Nadine, j'admire ta patience. Tu vaux beaucoup mieux que moi. Lorsque tu as accepté de m'épouser, je croyais rêver.

D'une voix calme, Nadine répliqua :

— Ce jour-là, j'ai eu bien tort.

— Evidemment...

— Tu ne saisis pas, Lennox. Je veux dire que, si ce jour-là, je m'étais enfuie en t'invitant à me suivre, tu m'aurais obéi, j'en suis certaine. Malheureusement, je manquais d'expérience et ne discernais pas les intentions de ta mère.

Au bout d'un instant, elle ajouta :

— Tu refuses de la quitter ? Je ne te comprends pas. En tout cas, sache que, moi, je suis libre de m'en aller et que... je suis bien décidée à le faire.

Il leva vers elle un regard incrédule. Pour la première fois, il répondit vivement, comme si le cours de ses pensées se fût soudain accéléré :

— Inutile d'y songer !... Tout à fait inutile... Mère ne voudra rien entendre !

— Elle ne m'en empêchera pas...

— Tu n'as pas d'argent.

— J'en gagnerai, j'en emprunterai, j'en volerai,

j'en mendierai ! Je suis libre, je puis, à mon gré, rester ou partir !

— Nadine, ne m'abandonne pas !...

Elle le considéra pensive, avec une expression énigmatique. Il répéta :

— Ne m'abandonne pas, Nadine !

Il la suppliait comme un enfant. Elle détourna la tête et il ne put voir la souffrance peinte dans ses yeux. Nadine s'agenouilla près de lui.

— Alors, suis-moi ! Viens avec moi ! Si seulement tu savais vouloir...

Il s'écarta d'elle, effrayé :

— Je ne peux pas, je ne peux pas, je te le répète. Je n'en ai pas le courage !...

CHAPITRE IX

LE DÉPART DES BOYNTON

Le docteur Gérard entra dans l'agence de tourisme et y trouva Sarah King devant le bureau des renseignements.

— Tiens, bonjour ! lui dit-elle. Je suis en train de retenir ma place pour l'excursion de Pétra. En fin de compte, vous vous décidez à en faire partie ?

— Oui, j'aurai le temps.

— Tant mieux !

— Serons-nous nombreux ?

— Il y a, dit-on, deux autres femmes... Et puis, vous et moi. Une seule voiture.

— Le voyage sera délicieux.

Son inscription faite, son courrier à la main, il rejoignit Sarah qui sortait de l'agence. La journée était ensoleillée, mais l'air un peu vif.

— Que deviennent les Boynton ? demanda Gérard.

Vous le savez, je me suis absenté trois jours pour visiter Béthléem, Nazareth et d'autres villes.

Presque à contrecœur, d'une voix lente, Sarah lui fit part de son échec auprès des jeunes Boynton.

— Je n'ai pas réussi, conclut-elle, et ils partent aujourd'hui.

— Où vont-ils ?

— Je n'en ai pas la moindre idée.

Elle ajouta, mortifiée :

— J'ai l'impression de m'être rendue ridicule.

— Comment cela ?

— En me mêlant de ce qui ne me regardait pas.

Gérard haussa les épaules.

— Vous me donnez tort ? reprit-elle.

— Non, mademoiselle ! Vous vous méprenez. On a le droit de s'occuper des affaires d'autrui. Tout dépend des circonstances. Si l'on essaie de réparer une injustice, on peut rendre service à son semblable... On ne saurait donc établir de règle générale. Les gens d'expérience, cependant, estiment que, fréquemment, il vous en cuit de vouloir mettre le doigt entre l'arbre et l'écorce, et ils hésitent.

— Vous n'êtes guère encourageant, observa Sarah.

— Peut-on vraiment faire le bonheur des gens malgré eux ?

— Alors, vous ne voulez pas intervenir pour les Boynton ?

— Moi ? Je me sentirais vaincu d'avance.

— Je pourrais en dire autant.

— Vous, vous avez plus de chances de réussir.

— Pourquoi ?

— Vous avez pour vous votre jeunesse et vous êtes femme. Vous avez échoué auprès de la jeune fille ; vous triompherez peut-être auprès du frère. D'après les dires de Carol, une menace risque d'ébranler l'autorité de la vieille dame. Lennox, le fils aîné, l'a défiée lorsqu'il a atteint l'âge d'homme. N'a-t-il pas eu l'audace de s'échapper une nuit pour aller au bal ?

« La vieille sorcière ne méconnaît pas le pouvoir de l'amour. Elle doit posséder quelque expérience sur ce chapitre. Et c'est pour cela qu'elle a introduit dans la maison une jeune fille jolie, mais pauvre, dont elle a encouragé le mariage avec Lennox. Elle s'est acquis ainsi une nouvelle esclave.

Sarah hocha la tête.

— Je ne crois pas que la jeune Mrs Boynton soit une esclave.

— Peut-être pas, concéda Gérard. La vieille dame, trompée par le caractère docile et souple de la fiancée, a sous-évalué sa force de volonté. A l'époque, Nadine était trop jeune pour juger la situation. A présent, elle se rend compte, mais il est trop tard.

— Pensez-vous qu'elle ait abandonné tout espoir ?

— Si elle forme des projets, c'est à l'insu de tous. N'oubliez pas la présence de Cope. L'homme est un animal jaloux... et la jalousie une puissance redoutable. Lennox Boynton peut encore sortir de l'inertie où il est en train de s'enliser.

— Et à votre sens — Sarah prit à dessein un ton de femme pratique et avisée — Raymond ? j'aurais pu le sauver ?

— Pourquoi pas ?

— Peut-être aurais-je dû essayer, soupira la jeune fille. Mais il est trop tard et l'idée ne me sourit plus !

— On voit bien que vous êtes Anglaise ! Vos compatriotes professent sur ces questions de ridicules préjugés. Pour elles, le fait d'exercer leurs charmes sur un homme « n'est pas convenable ».

L'indignation de Sarah n'émut pas le moins du monde le docteur Gérard.

— Oui, oui, je sais, mademoiselle, vous êtes ultramoderne... En public, vous n'hésitez pas à employer les termes les plus osés du dictionnaire. Tout de même, sur certains points, vous ressemblez à votre maman et à votre grand-maman. Vous êtes restée la jeune miss pudique, bien qu'à présent, vous ne rougissiez point.

— Jamais je n'ai entendu pareilles insanités !

Imperturbable, le docteur Gérard ajouta en clignant des yeux :

— Et cela rehausse votre charme.

Cette fois, Sarah demeura interloquée.

Vivement, le docteur Gérard souleva son chapeau :

— Je me sauve avant que vous ne me disiez tout ce que vous pensez !

Il courut à l'hôtel. Sarah, d'un pas tranquille, prit la même direction.

Une vive animation régnait devant l'entrée. Plusieurs voitures, chargées de bagages, s'apprêtaient à partir.

Lennox, Nadine Boynton et Mr Cope, debout près d'un luxueux autocar, surveillaient l'embarquement de leurs malles et valises. Un guide ventripotent s'entretenait avec Carol en un anglais presque inintelligible.

Sarah passa devant eux.

Mrs Boynton, vêtue d'un épais manteau et assise dans un fauteuil, attendait l'heure du départ.

A sa vue, Sarah éprouva une violente répulsion : Mrs Boynton représentait, pour elle, l'incarnation du mal.

Mais un revirement s'opéra dans l'esprit de Sarah : cette sinistre mégère lui parut soudain pitoyable. Naître avec de tels instincts de domination et terminer sa vie à tyranniser les siens, quelle piètre destinée ! Si seulement ses enfants avaient pu voir, en cet instant, avec les yeux de Sarah... cette vieille femme impotente, stupide et mauvaise...

Obéissant à une soudaine impulsion, Sarah s'avança vers elle.

— Au revoir, madame Boynton. J'espère que vous allez faire un agréable voyage.

La vieille dame la considéra d'un œil méchant.

— Qu'ai-je fait pour m'attirer ainsi votre inimitié ? ajouta Sarah qui, à part soi, se reprocha sa folie de parler de la sorte à Mrs Boynton. Vous avez empêché votre fille et votre fils de me fréquenter. Ne voyez-vous pas ce qu'une telle attitude a de puéril ? Vous essayez de jouer à l'ogresse ; en réalité, vous vous rendez grotesque. Vous allez certes m'en vouloir de vous dire ces vérités, mais tant pis ! Peut-être cela ne sera-t-il pas tout à fait inutile. L'existence peut encore vous réserver bien des joies, mais il faudrait que vous vous montriez plus aimable et indulgente envers les autres. Essayez, croyez-moi !

Il y eut un silence. Mrs Boynton s'était figée en une complète immobilité. Enfin, elle passa sa langue sur ses lèvres et ouvrit la bouche, mais aucun mot n'en sortit.

— Parlez ! dit Sarah d'un ton encourageant. Parlez ! Qu'importe ce que vous me répondrez. Mais réfléchissez à ce que je viens de vous dire.

Les yeux de serpent de Mrs Boynton ne regardaient pas Sarah, mais semblaient chercher quelque esprit familier derrière l'épaule de la jeune fille.

Enfin, elle répliqua d'une voix molle :

— Je n'oublie jamais rien ! Souvenez-vous-en ! Je n'ai jamais rien oublié. Pas un acte, pas un nom, pas un visage !

Ces mots n'étaient rien en eux-mêmes auprès du ton venimeux dont ils étaient prononcés. Sarah, épouvantée, fit un pas en arrière.

Alors Mrs Boynton éclata d'un rire horrible.

— Vous êtes à plaindre, madame ! s'exclama Sarah, en haussant les épaules.

Et elle s'éloigna. Comme elle se dirigeait vers l'ascenseur, elle faillit se jeter dans Raymond Boynton.

— Au revoir ! lui dit-elle. Je vous souhaite beau temps et je compte bien que nous nous reverrons un jour prochain.

Raymond demeura pétrifié. Il était si absorbé dans ses pensées qu'un petit bonhomme aux longues moustaches, sortant de l'ascenseur, dut lui répéter plusieurs fois :

— Pardon, monsieur !

— Excusez-moi, dit-il, j'étais en train de rêver...

Carol s'approcha de son frère.

— Ray, va chercher Jinny, veux-tu ? Elle est remontée dans sa chambre et nous allons partir.

Raymond pénétra dans l'ascenseur.

Hercule Poirot le regarda un instant, les sourcils levés, la tête légèrement penchée de côté, comme s'il écoutait.

Alors, il hocha la tête en signe d'acquiescement. Traversant le vestibule, il observa Carol, qui avait rejoint sa mère.

Il appela d'un geste le maître d'hôtel qui passait non loin de lui :

— Pardon ! Pourriez-vous me dire le nom de ces clients-là ?

— Ce sont les Boynton, monsieur. Des Américains.

— Merci, dit Hercule Poirot.

Au troisième étage, le docteur Gérard se rendant à sa chambre, croisa Raymond Boynton et Geneviève, qui marchaient vers l'ascenseur.

Au moment où les jeunes gens allaient y pénétrer Geneviève dit à son frère :

— Une minute, Ray. Attends-moi dans l'ascenseur.

Elle revint en courant sur ses pas, tourna un angle du couloir et rattrapa le médecin.

— Excusez-moi !... Je voudrais vous parler.

Le docteur Gérard demeura tout surpris. La jeune fille lui saisit le bras.

— On m'enlève !... Ils vont peut-être me tuer !... Je n'appartiens pas à cette famille. Je ne suis pas une Boynton !

Ces mots, saccadés, se heurtaient l'un l'autre.

— Je vous confie un secret : je suis... de sang royal ! Je suis l'héritière d'un trône. Voilà pourquoi je suis entourée d'ennemis. On essaye de m'empoisonner, on me fait toutes sortes de misères... Aidez-moi à me sauver !

Elle s'interrompit. Un bruit de pas...

— Jinny ?

Ravissante dans son attitude de biche apeurée, la jeune fille posa un doigt sur sa bouche, lança à Gérard un regard suppliant, puis courut rejoindre son frère.

— Me voici, Ray.

Le docteur Gérard continua son chemin à pas lents, le sourcil froncé et hochant la tête.

CHAPITRE X

DANS LE DÉSERT

Ce matin-là, on partait pour Pétra.

Devant l'entrée de l'hôtel, Sarah trouva une énorme femme au nez proéminent, comme celui d'un cheval à bascule, en train de protester.

— Ce car est bien trop petit ! Quatre voyageurs et un drogman ! Il nous faudra un car-salon beaucoup plus spacieux, vociférait-elle. Veuillez envoyer cet autocar au garage et en ramener un autre de dimensions plus raisonnables.

En vain le représentant de l'agence de tourisme élevait-il la voix pour s'expliquer. Le car, de grandeur suffisante, était en somme, très confortable. Une voiture plus grosse ne pouvait convenir pour une excursion dans le désert.

L'immense femme, qui menaçait d'écraser l'employé comme un rouleau à vapeur, porta soudain son attention sur Sarah.

— Mademoiselle King ! Permettez-moi de me présenter : lady Westholme. Je suis sûre que vous partagerez mon avis. Cette voiture est nettement trop petite, n'est-ce pas ?

— Ma foi, dit Sarah, prudente, il me semble qu'une voiture un peu plus grande offrirait plus de commodités.

Le jeune homme de l'agence représenta qu'un autocar plus spacieux augmenterait le prix de l'excursion.

— Le prix du voyage est forfaitaire et je ne paierai pas un sou de plus, trancha lady Westholme d'un ton péremptoire. Votre prospectus ne promettait-il pas un car-salon confortable ? Tenez vos promesses ! On ne vous demande pas autre chose !

Vaincu, le jeune employé murmura qu'il allait aviser, puis tourna les talons.

Avec un sourire de triomphe, la dame au long nez se tourna vers Sarah.

Lady Westholme était une figure bien connue dans les milieux politiques anglais. Lord Westholme, d'âge moyen, simple d'esprit et dont l'intérêt dans la vie se bornait à la chasse et à la pêche, avait rencontré au cours d'un voyage en Amérique, parmi les passagers, une certaine Mrs Vansittard. Peu de temps après, Mrs Vansittard devenait lady Westholme. Toujours vêtue d'un costume de cheviote et chaussée de brodequins, la dame élevait des chiens, rudoyait les paysans et contraignait son époux à se mêler des affaires publiques. Elle ne tarda pas à constater que la politique n'était pas dans les cordes de lord Westholme ; elle le renvoya donc à ses sports préférés et présenta elle-même sa candidature au Parlement. Elue à une forte majorité, la nouvelle pairesse se lança avec ardeur dans l'arène politique. Sa caricature parut dans les journaux, signe évident du succès. Le travail féminin, l'agriculture, la question des taudis et de l'habitation n'avaient pas de secrets pour lady Westholme. Très respectée, mais universellement haïe, elle espérait se voir confier un sous-secrétariat dans le cabinet lorsque son parti reviendrait au pouvoir.

Lady Westholme contempla d'un sourire satisfait le car qui s'éloignait.

— Les hommes s'imaginent toujours pouvoir en imposer aux femmes ! s'exclama-t-elle.

Sarah pensa que l'homme capable d'en imposer à lady Westholme devait être un héros ! Elle lui présenta le docteur Gérard, qui sortait de l'hôtel.

— Votre nom ne m'est pas inconnu, docteur, dit lady Westholme en serrant la main du médecin. L'autre jour, à Paris, je discutais avec le professeur Chantereau sur la question du traitement des fous indigents dans les asiles et j'ai réussi à lui faire adopter mon point de vue. Voulez-vous que nous rentrions en attendant le nouveau car ?

A ce moment, une petite femme d'âge moyen, à l'allure effacée et aux cheveux gris, s'approcha.

C'était Miss Amabel Pierce, quatrième membre de l'excursion. Elle aussi fut entraînée dans le salon de l'hôtel sous l'aile protectrice de lady Westholme.

— Vous étudiez la médecine, mademoiselle King ?

— Oui, je viens de passer ma thèse.

— Bravo ! s'exclama la lady. Si de grandes choses s'accomplissent dans le monde, rendons-en grâce aux femmes !

Plutôt gênée de cette affirmation par trop catégorique, Sarah suivit lady Westholme.

Tout le monde s'assit et lady Westholme leur apprit qu'elle avait refusé l'hospitalité du Haut-Commissaire durant son séjour à Jérusalem.

— Je ne tenais pas à être importunée par ces réceptions officielles. Mieux vaut voir les choses par soi-même.

« Quelles choses ? » se demanda Sarah.

Lady Westholme, qui habitait à l'hôtel Salomon pour être plus tranquille, expliqua qu'elle avait donné des conseils au directeur pour l'amélioration du service.

— Le meilleur rendement, dit lady Westholme, tel est mon mot d'ordre.

Comment en douter ? Au bout d'un quart d'heure, un car spacieux et très confortable apparut et à l'heure fixée — après que lady Westholme eût donné son avis sur la manière la plus pratique d'arrimer les bagages — la voiture s'éloigna, emportant les quatre voyageurs.

La première étape fut la mer Morte. Ils déjeunèrent à Jéricho. Ensuite, lady Westholme, pourvue d'un Baedeker, s'éloigna en compagnie de Miss Pierce, du médecin et du gros guide pour visiter les vieux quartiers de la ville. Sarah, elle, resta seule dans le jardin de l'hôtel.

Souffrant d'une légère migraine et en proie à un profond découragement, la jeune fille préférait la solitude. Rien ne l'intéressait plus, elle ne désirait même pas voir Jéricho et ses compagnons l'obsédaient. Elle regrettait de s'être embarquée dans cette excursion, où elle dépenserait beaucoup d'argent sans aucun plaisir. La voix de rogomme de lady Westholme, le babil intarissable de Miss Pierce et les lamentations anti-sionistes du drogman, lui donnaient sur les nerfs. Elle tenait exactement ce qui se passait en elle.

Elle se demandait où se trouvaient maintenant les Boynton. Peut-être en Syrie, à Baalbeck ou à Damas ? Raymond... que faisait Raymond ? Elle revoyait son visage, son air grave et timide, ses gestes nerveux.

Et puis, elle se reprochait de s'inquiéter de gens qu'elle ne reverrait jamais ! Qu'est-ce qui avait pu la pousser, l'autre jour, à débiter à cette vieille ces inepties ? D'autres oreilles avaient pu l'entendre. Elle crut se rappeler que lady Westholme se tenait à proximité. Sarah essaya de se souvenir de ses paroles. Elle s'était conduite comme une sotte ! La faute ne lui incombait pas entièrement, mais plutôt à Mrs Boynton, cette vieille guenon qui avait le don de vous mettre hors de vous !

Le docteur Gérard entra, se laissa tomber dans un fauteuil et s'épongea le front.

— On devrait empoisonner cette femme ! déclara-t-il.

Sarah sursauta.

— Mrs Boynton ?

— Non, pas Mrs Boynton, mais lady Westholme. Je ne puis comprendre qu'elle soit mariée depuis plusieurs années et que son époux ne l'ait pas encore envoyée *ad patres !* De quoi donc est-il fabriqué, ce type-là ?

Sarah éclata de rire.

— C'est un homme qui ne songe qu'à la chasse et à la pêche, expliqua-t-elle.

— La logique même ? Il assouvit sa soif de meurtre en massacrant les créatures prétendues inférieures.

— Je le crois très satisfait de l'activité de sa femme.

— Evidemment, dit le Français. Ses occupations politiques la tiennent éloignée de la maison. Quant à Mrs Boynton, on ne ferait pas mal de l'empoisonner, elle aussi ! Ce serait la solution la plus simple. En réalité, il y a bien des femmes qui mériteraient d'être empoisonnées : à mon opinion, toutes les vieilles et les laides.

Il fit une grimace expressive.

Sarah éclata de rire.

— Vous autres, Français, s'écria-t-elle, vous n'appréciez les femmes que lorsqu'elles sont jeunes et jolies.

Gérard haussa les épaules.

— Nous sommes plus francs que les autres, voilà tout. Les Anglais cèdent-ils leur place dans le train ou dans le métro aux laiderons ! Non, n'est-ce pas ?

Sarah poussa un soupir.

— Que ce monde est déconcertant !

— Pourquoi soupirez-vous, mademoiselle ? Il n'y a vraiment pas de quoi.

— Aujourd'hui, je me sens d'humeur massacrante.

— Naturellement !

— Pourquoi « naturellement » ?

— Vous en découvririez aisément la raison si vous vouliez être franche avec vous-même.

— Je crois que ce sont nos deux compagnes de voyage qui m'irritent, déclara Sarah. C'est triste à dire, mais je déteste les femmes. Lorsqu'elles sont falotes et stupides comme Miss Pierce, elles me mettent en rage... et si elles sont rouées comme lady Westholme, elles m'horripilent davantage encore.

— Il était inévitable que ces deux-là vous fussent antipathiques. Lady Westholme occupe la situation qui lui convient le mieux et jouit pleinement de sa réussite. Quant à Miss Pierce, après des années d'obscur dévouement comme nurse privée, elle a fait un petit héritage qui lui permet de réaliser le rêve de sa vie : voyager. Elle n'est pas encore blasée. Vous, qui avez maintes difficultés à vaincre pour atteindre l'objectif que vous vous proposez, vous enviez le sort des gens arrivés.

— C'est peut-être vrai, dit Sarah tristement. Vous êtes un homme terriblement perspicace. J'essaie de me mentir à moi-même et vous m'enlevez mes dernières illusions.

A ce moment, les autres revinrent. Le guide semblait le plus fatigué des trois. Sur la route d'Amman, il ne fournit aux touristes qu'un minimum de renseignements. Il ne parla même pas des Juifs et chacun lui en fut secrètement reconnaissant. Ses imprécations contre Israël au cours de la précédente étape avaient suffisamment mis à l'épreuve les nerfs de ses auditeurs.

La route sinueuse s'écartait maintenant de la rive du Jourdain et montait en serpentant entre des bosquets de lauriers-roses en fleurs. Vers la fin de l'après-midi, ils arrivèrent à Amman. Après une brève visite au théâtre gréco-romain, ils dînèrent et allèrent se reposer. Le lendemain matin, ils devaient se mettre en route de bonne heure pour faire une grande excursion en autocar à travers le désert jusqu'à Maan.

Le départ eut lieu vers huit heures. Personne n'éprouvait l'envie de parler. La journée s'annonçait étouffante et à midi on fit halte pour déjeuner en plein air, sous un soleil brûlant. Etre enfermé dans une auto par une telle chaleur, avec trois de ses semblables, suffit à vous mettre de méchante humeur et lady Westholme et le docteur Gérard entamèrent une assez vive discussion politique.

— On ne s'ennuie pas lorsqu'on voyage en compagnie de lady Westholme, dit tout bas Miss Pierce, s'adressant à Sarah.

— Vous trouvez ? répondit la jeune fille d'un ton acerbe.

La vieille demoiselle ne remarqua point l'irritation de sa compagne et continua de bavarder, satisfaite d'elle-même.

— J'ai lu si souvent son nom dans les journaux ! Il faut qu'une femme soit vraiment remarquable pour tenir son rang dans la vie publique. J'admire les femmes qui accomplissent quelque chose dans l'existence.

— Pourquoi ? demanda Sarah, féroce.

Miss Pierce demeura bouche bée, puis balbutia :

— Mon Dieu ! Je trouve merveilleux que des

femmes se montrent aptes à jouer un rôle actif dans les affaires du pays.

— Je ne partage pas cette opinion. Tout être humain mérite des louanges lorsqu'il fait œuvre utile, que ce soit un homme ou une femme. Pourquoi réserver toutes vos louanges aux femmes ?

— Ma foi !... Je l'avoue, si on considère les choses sous cet angle...

Elle paraissait un peu confuse. Dans l'instant qui suivit, elle s'appliqua à détourner la conversation.

— Si au moins nous avions un peu d'ombre ! murmura-t-elle. Ce paysage désertique est impressionnant, n'est-ce pas ?

— Oui, approuva Sarah.

En son for intérieur, la jeune fille trouvait le désert merveilleux, apaisant. On n'y rencontrait pas d'intrus pour vous empoisonner la vie. Enfin, elle était débarrassée des Boynton, délivrée de cet étrange besoin de s'immiscer dans les affaires d'autrui. Elle se sentait l'âme sereine.

Ici, c'était la solitude, le vide, l'espace...

En un mot, la paix...

Bien sûr on n'était pas seul pour en jouir. Lady Westholme et le docteur Gérard venaient de terminer leur discussion sur l'opinion et parlaient de l'exportation inique de naïves jeunes femmes dans les boîtes de nuit de l'Argentine. Le docteur Gérard déployait dans la conversation une frivolité que lady Westholme, en vraie politicienne, jugeait déplorable.

— Alors, on repart ? annonça le drogman coiffé du tarbouche.

Une heure environ avant le coucher du soleil, ils atteignirent Maan, la voiture fut aussitôt assiégée par une foule d'indigènes aux figures sauvages. Après une courte halte, les touristes reprirent leur route.

Scrutant des yeux le vaste désert, Sarah se demandait de quel côté se dressait la forteresse rocheuse de Pétra. Rien ne bouchait l'horizon, ni montagnes, ni collines. Arriveraient-ils bientôt au terme de ce voyage ?

Au millage d'Aïn Musa, on dut abandonner le car. Là, des chevaux les attendaient. Sa robe de toile rayée consternait fort Miss Pierce. Lady Westholme portait un costume de cheval qui ne seyait pas particulièrement à son genre de beauté, mais semblait des plus pratiques.

Les chevaux sortirent du village par un sentier glissant et caillouteux. Par endroits, le sol s'affaissait et les bêtes devaient zigzaguer. Le soleil était bas sur l'horizon.

Déjà fatiguée par le long trajet en voiture, Sarah se sentait étourdie. Cette promenade à cheval lui produisait l'effet d'un cauchemar. Il lui semblait que l'enfer allait s'ouvrir sous ses pieds. Le chemin descendait en serpentant à travers un labyrinthe de rocs rouges. Dans cette gorge de plus en plus étroite, Sarah suffoquait.

Une pensée lancinante hantait son cerveau : « Je descends dans la vallée de la mort ! »

La caravane descendait toujours. La nuit tombait. Le rouge vif des falaises s'assombrit et les touristes poursuivaient leur marche sinueuse, vers les entrailles de la terre.

Sarah songeait : « C'est hallucinant... une ville morte... »

Et de nouveau, l'antienne revint à ses lèvres : « La vallée de la mort ! »

On alluma des lanternes. Les chevaux suivaient les sentes étroites. Soudain, les touristes débouchèrent dans un vaste cirque et aperçurent un groupe de lumières.

— Voici le campement, annonça le guide.

Les chevaux pressèrent légèrement le pas. Ils étaient trop las et trop affamés pour donner un réel effort. Cependant, ils montraient un peu d'entrain. A présent, le sentier suivait la rive caillouteuse d'un cours d'eau. Les lumières semblaient se rapprocher.

On discernait quelques tentes devant des rochers où s'ouvraient des cavernes.

Enfin on arrivait. Des serviteurs bédouins s'avancèrent en courant.

Sarah leva les yeux et, devant une des cavernes, aperçut une forme assise. Etait-ce une idole ? Une gigantesque statue de bouddha ?

Tout à coup le cœur de Sarah se mit à battre à coups précipités.

Adieu cette impression de paix et de solitude que lui avait donné le désert ! De nouveau, elle devenait captive. Elle était descendue dans cette sombre vallée et là, telle une prêtresse de quelque culte inconnu, elle voyait Mrs Boynton, pareille à une monstrueuse statue de bouddha !

CHAPITRE XI

RENCONTRE

Mrs Boynton était à Pétra !

Sarah répondait machinalement aux questions qu'on lui posait. Désirait-elle dîner immédiatement ? Le repas était prêt. Préférait-elle faire un brin de toilette ? Où voulait-elle dormir ? Sous une tente ou dans une caverne ?

A cette dernière question, elle répondit sans hésiter :

— Sous une tente.

Elle avait frémi à la pensée de la caverne et la vision monstrueuse se présentait à son esprit. Pourquoi cette femme dégageait-elle une ambiance inhumaine ?

Enfin, elle suivit un des serviteurs indigènes. Il portait un pantalon kaki très rapiécé, des bandes molletières sales et une veste en loques. Il était coiffé de la *cheffiah*, dont les longs plis lui protégaient le cou et qu'un cordon de soie noire serrait étroitement autour de son crâne. Sarah admira le balancement gracieux de sa démarche, le port altier de sa tête.

Seule la partie européenne de son costume paraissait de mauvais goût. Sarah pensa : « La civilisation est néfaste ! Sans elle, une Mrs Boynton n'existerait pas ! Dans une tribu de sauvages, on l'aurait tuée et mangée depuis longtemps ! »

Elle se rendit compte qu'elle était recrue de fatigue et énervée. Des ablutions d'eau chaude, un nuage de poudre sur le visage, et elle se sentit de nouveau en forme : fraîche, calme et tout étonnée de son récent désarroi.

Elle passa le peigne dans son épaisse chevelure noire, tout en se regardant dans un méchant miroir à la lueur vacillante d'une petite lampe à huile. Puis, écartant le rideau de sa tente, elle sortit dans la nuit et descendit vers la tente principale.

— Vous, ici ! murmura une voix, comme elle passait.

Se retournant, elle se trouva face à face avec Raymond Boynton. Elle lut dans les prunelles du jeune homme une joie intense, une joie qui lui faisait presque peur. On eût dit qu'il venait d'apercevoir un coin du paradis. Il était comme émerveillé. Ebloui, comme le serait un damné devant qui s'entrouvre le ciel.

Il répéta :

— Vous !

Elle se sentait timide, apeurée et joyeuse tout ensemble.

Elle répondit simplement :

— Oui.

Toujours sous l'effet de la surprise, et n'en pouvant croire ses yeux, il s'approcha d'elle et lui prit la main.

— C'est bien vous, dit-il. Tout d'abord, j'ai cru voir un fantôme. J'avais tellement pensé à vous !

Après un silence, il continua :

— Je vous aime, vous le savez... depuis notre première rencontre dans le train. A présent, j'en suis certain et je veux le dire... afin que... afin que vous sachiez que ce n'est pas moi... le vrai moi... qui s'est conduit si grossièrement envers vous, l'autre jour. Pour le moment, je ne suis pas maître de mes actes.

Je pourrai vous manquer d'égards, passer devant vous ou ne pas vous répondre. Mais vous saurez que ce n'est pas moi, mon véritable moi, qui en serai responsable. Ce sont... mes nerfs, auxquels je ne puis me fier. Lorsqu'Elle me commande, j'obéis ! Ou du moins, mes nerfs se plient à sa volonté ! Vous comprenez, n'est-ce pas ? Méprisez-moi si vous...

Elle l'interrompit. D'une voix douce elle murmura :

— Je ne vous méprise pas.

— Cependant, je suis un lâche ! Je devrais me comporter en homme !

Malgré elle, Sarah se rappela le conseil de Gérard, mais elle répondit, inspirée par un secret espoir :

— Désormais, vous agirez en homme !

Dans la tendresse de sa voix, on devinait un accent de certitude et d'autorité consciente.

— Vous croyez ? demanda-t-il. Peut être...

— A présent, vous aurez du courage. J'en suis certaine.

Il se redressa et releva la tête.

— Du courage ? Oui, voilà ce qu'il faut ! Du courage !

Il inclina la tête et déposa un baiser sur la main de Sarah. L'instant d'après il s'éloignait.

CHAPITRE XII

L'ÉCOLE BUISSONNIÈRE

Dans la tente principale, Sarah retrouva ses compagnons de voyage assis à une table et en train de se restaurer. Le guide leur expliquait qu'un autre groupe de touristes les avait précédés.

— Ils sont là depuis deux jours. Eux partir après-demain. Américains. La maman, très grosse, beaucoup difficile arriver ici ! Transportée dans un fauteuil par porteurs... Eux travailler dur... Avoir très chaud !

Sarah ne put s'empêcher de rire. Prise du bon côté, l'aventure ne manquait pas de drôlerie !

Le ventripotent drogman la considéra avec un regard de gratitude. Sa tâche était, en effet, des plus ingrates. Lady Westholme l'avait à trois reprises au cours de cette même journée, contredit, le Baedeker en main, et elle se plaignait à présent du genre de lit qu'on lui offrait. Le guide témoignait sa reconnaissance au seul membre de l'excursion qui se montrât d'humeur accommodante.

— Tiens ! déclara lady Westholme. Je croyais ces gens-là aux îles Salomon ! J'ai reconnu la vieille maman dès notre arrivée. Je crois me souvenir que vous lui avez parlé à l'hôtel, Miss King.

Comme si elle se sentait coupable, Sarah se mit à rougir, espérant que lady Westholme n'avait surpris qu'une faible partie de cette conversation.

Lady Westholme trancha :

— Des gens peu intéressants ! Des provinciaux !

La flagorneuse Miss Pierce approuva et lady Westholme s'embarqua dans une histoire d'Américains notables rencontrés récemment.

La température étant exceptionnellement chaude pour la saison, on décida de se mettre en route de très bonne heure le lendemain matin.

A six heures, les quatre touristes se retrouvèrent au déjeuner. Aucun membre de la famille Boynton ne donnait signe de vie. Après quelques réflexions acerbes de lady Westholme sur l'absence de fruits on déjeuna : thé au lait condensé, œufs sur le plat, nageant dans la graisse et garnis de lard excessivement salé. Puis, on se mit en route. Lady Westholme et le docteur Gérard entamèrent une vive discussion sur la valeur de certains aliments en vitamines, sur le régime nutritif approprié à la classe laborieuse.

Un appel leur parvint du campement et ils firent halte pour permettre à un autre touriste de se joindre à leur groupe. C'était Mr Jefferson Cope qui arrivait en courant, sa bonne figure rougie par le violent effort qu'il venait de fournir.

— Si cela ne vous contrarie pas, je ferai ce matin l'excursion en votre compagnie. Bonjour, Miss King ! Quelle heureuse surprise de vous voir ici avec le docteur Gérard ! Que pensez-vous du paysage ?

D'un geste, il indiqua les fantastiques rochers rouges surgissant de toutes parts.

— Moi je trouve cela admirable, mais un peu terrifiant, répondit Miss King. Je m'attendais à découvrir une ville de rêve, la cité rose. Mais la couleur criarde me rappelle le bœuf cru.

— Tout à fait exact, acquiesça Mr Cope.

— Néanmoins, c'est merveilleux, reconnut Sarah

Ils commencèrent à grimper, accompagnés par deux guides. Ces deux hommes, des Bédouins de haute stature, gravissaient les pentes avec aisance. Leurs souliers bien ferrés prévenaient toute chute sur les sentiers glissants. Bientôt, cependant, les difficultés surgirent. Sarah et le docteur Gérard n'éprouvaient aucun vertige, mais Mr Cope et lady Westholme se sentaient mal à l'aise. Quant à la pauvre Miss Pierce, il fallut presque la porter aux endroits dangereux : les yeux clos, la figure blême, elle ne cessait de crier et de geindre.

Une fois, elle manifesta l'intention de retourner, mais lorsqu'elle fit demi-tour et vit la descente abrupte devant elle, elle verdit et, à contrecœur, se résigna à poursuivre l'excursion.

Très affable le docteur Gérard la rassura. Marchant derrière elle, il tendit sa canne horizontalement, en guise de parapet, entre la malheureuse et le bord de l'abîme. La vieille demoiselle avoua que cette illusion contribuait à lui enlever le vertige.

Haletante, Sarah interrogeait le drogman Mahmoud qui, malgré ses énormes proportions, ne trahissait aucun signe de détresse :

— Avez-vous parfois de la peine à conduire les gens jusqu'ici, je veux dire les vieux ?

— Ils nous causent toujours des ennuis.

— Vous les emmenez quand même ?

Mahmoud haussa ses larges épaules.

— Ils demandent à venir ! Ils ont payé pour voir, ils veulent en avoir pour leur argent. Les guides bédouins sont très habiles et ont le pied sûr. Ils se tirent toujours d'affaire.

Enfin, ils parvinrent au sommet de la montagne. Sarah poussa un profond soupir.

En bas, tout autour d'eux, s'étendait un paysage étrange, presque irréel, de roches rouges. Dans l'air pur et exquis du matin, ils dominaient, tels des dieux, un monde inférieur, aux vives couleurs.

Le guide leur apprit que cet endroit se nommait : La Place du Sacrifice... « Le Lieu Saint ».

Il leur montra l'auge creusée dans un grand rocher plat à leurs pieds.

Sarah s'écarta du groupe pour échapper au bavardage assommant du drogman. Assise sur un rocher, les mains dans son épaisse chevelure noire, elle contempla le monde au-dessous d'elle.

Bientôt, elle s'aperçut d'une présence à son côté et entendit la voix du docteur Gérard.

— Vous apprécierez désormais à sa juste valeur la tentation du démon dans le Nouveau Testament. Satan transporta Jésus au sommet d'une montagne et lui désigna le monde. « Tout cela t'appartiendra « si tu t'agenouilles pour m'adorer. » Comme on serait tenté, sur ces hauteurs, de se croire un dieu des puissances matérielles !

Sarah acquiesça, mais ses pensées semblaient si lointaines que Gérard l'observa avec curiosité.

— Vous paraissez plongée dans de profondes méditations, Miss King ?

٠ — Oui. Quelle idée ingénieuse d'avoir placé ici un lieu de sacrifice ! Je crois à la nécessité du sacrifice. On tient trop à l'existence. En réaliste, la vie n'a pas l'importance que nous lui prêtons.

— Si tel est votre avis, Miss King, vous n'auriez pas dû embrasser la profession médicale. Pour nous la mort est toujours l'ennemi.

Sarah frémit.

— Vous avez sans doute raison. Pourtant, souvent

la mort résoudrait bien des problèmes. Elle signifie peut-être une vie plus complète...

— Il est bon qu'un seul périsse pour tous ! déclama Gérard, d'une voix grave.

Sarah tourna vers lui un regard stupéfait.

— Vous dénaturez ma pensée...

A cet instant, Jefferson Cope les rejoignit.

— Cet endroit est vraiment remarquable, déclara-t-il, et je me félicite de vous avoir suivis. Mrs Boynton est, à n'en pas douter, une femme étonnante. J'admire son cran d'être venue jusqu'ici, mais le fait de voyager en sa compagnie complique les choses. Sa santé délabrée la rend égoïste et il ne lui viendrait même pas à l'idée que ses enfants pussent éprouver l'envie de prendre part aux excursions sans elle. Elle a tellement l'habitude de les avoir sous les yeux qu'elle ne songe même pas...

Mr Cope s'interrompit. Un nuage d'inquiétude passa sur son aimable visage.

— Au cours de ce voyage, j'ai appris certaines choses sur Mrs Boynton qui m'ont vivement troublé.

De nouveau, Sarah se plongea dans ses réflexions. La voix de Mr Cope parvenait à ses oreilles comme le murmure d'un ruisseau lointain, mais le docteur Gérard encouragea son compagnon à parler :

— Vraiment ? Et quoi donc ?

— A l'hôtel où je suis descendu, à Tibériade, une dame m'a parlé d'une servante employée autrefois chez Mrs Boynton. Cette jeune fille avait... était...

Mr Cope fit une pause, jeta un coup d'œil vers Sarah et baissa la voix.

— ... Sur le point d'avoir un enfant. La vieille dame découvrit le fait et, tout d'abord, se montra assez indulgente. Mais quelques semaines avant la naissance du bébé, elle mit la fille à la porte.

Le docteur Gérard leva les sourcils.

— J'ignore ce que vous en penserez, poursuivit Mr Cope, mais moi je juge ce renvoi odieux et cruel. Je ne comprends pas.

— Moi, si ! dit le docteur Gérard, Mrs Boynton a

éprouvé une joie intense en donnant congé à sa bonne.

Scandalisé, Mr Cope répliqua :

— Je ne puis le croire !

— Mon cher monsieur, dit le docteur Gérard j'ai consacré ma carrière à l'étude des anomalies du cerveau humain. Au-delà des conventions de l'existence quotidienne, on découvre d'étranges passions. Par exemple, le besoin de faire le mal pour le mal. La cruauté est une passion qui existe !

Mr Cope toussota :

— Il me semble, docteur, que vous exagérez. Sur ces hauteurs on respire un air délicieusement pur...

Il s'éloigna. Gérard esquissa un sourire, puis son regard se porta vers Sarah. Le front plissé, l'air grave, elle ressemblait à un jeune juge prononçant une condamnation.

Le médecin se retourna au moment où Miss Pierce s'avançait vers lui à petits pas mal assurés.

— Nous redescendons à présent, dit-elle. Comment ferons-nous pour arriver en bas ? Heureusement, d'après le guide, le chemin du retour est plus facile. J'espère qu'il dit vrai, car dès mon enfance, j'ai toujours eu peur des précipices...

En descendant, ils suivirent le cours d'un torrent. Des cailloux se détachaient sous leurs pas, risquant de leur occasionner des entorses, mais sur ce sentier ils n'eurent pas à redouter le vertige.

Les excursionnistes arrivèrent au campement, très las, mais de belle humeur. L'appétit aiguisé par la marche, ils firent honneur au déjeuner. Il était déjà plus de deux heures.

La famille Boynton, assise autour de la table principale, achevait de manger.

Lady Westholme, d'un ton condescendant, adressa aux Boynton quelques paroles aimables.

— Nous avons fait une ravissante excursion, dit-elle. Pétra est un endroit inoubliable.

Carol, à qui cette réflexion semblait adressée, lança un vif regard à sa mère et murmura :

— Oui, certainement.

Lady Westholme, consciente d'avoir rempli ses devoirs mondains, commença de se restaurer.

Au cours du repas, les quatre compagnons annoncèrent leurs projets pour l'après-midi.

— Je pense me reposer, dit Miss Pierce. Il me faut autant que possible éviter la trop grande fatigue.

— Moi, j'irai faire une petite exploration dans les environs, annonça Sarah. Et vous, docteur Gérard ?

— Je vous accompagne.

Mrs Boynton laissa tomber une cuillère. A ce bruit métallique, tout le monde sursauta.

— J'ai l'intention, fit Lady Westholme, d'imiter votre exemple, Miss Pierce. Je lirai peut-être pendant une demi-heure, puis je m'étendrai pour prendre au moins une heure de repos, après quoi j'irai faire un tour.

Lentement, soutenue par Lennox, la vieille Mrs Boynton parvint à se mettre sur pied.

— Vous feriez bien d'aller tous vous promener cet après-midi, conseilla-t-elle à ses enfants, avec une amabilité inaccoutumée.

Les mines effarées des jeunes Boynton avaient quelque chose de comique.

— Mais, mère, et vous ?

— Je n'ai besoin de personne. J'aime à rester seule avec mon livre. Jinny demeurera ici. Elle se reposera et fera une petite sieste.

— Mère, je ne suis pas fatiguée ! Je veux aller avec les autres.

— Tu es fatiguée ! Tu as la migraine ! Soigne-toi. Va te coucher et dors. Je sais ce qui te convient !

— Je... je...

La tête rejetée en arrière, la jeune fille regardait sa mère d'un air de révolte. Puis elle baissa les paupières, résignée.

— Petite sotte ! s'exclama Mrs Boynton. Retourne sous ta tente.

Elle sortit de la tente principale, suivie des siens.

— Mon Dieu, soupira Miss Pierce, quelle étrange

famille ! La mère a un teint bizarre... Rouge comme une pivoine. Elle doit être cardiaque. Cette chaleur semble l'accabler.

Sarah pensa :

« Elle leur donne la liberté pour l'après-midi. Elle sait que Raymond désire me retrouver. Serait-ce un piège ? »

Quand, après déjeuner, elle rentra sous sa tente pour changer de toilette, cette pensée continuait à l'inquiéter. Depuis la veille, sa sympathie envers Raymond s'était muée en une passion de tendresse protectrice. C'était l'amour, cette souffrance pour un autre, ce désir d'éviter à tout prix une douleur au bien-aimé. Oui, elle aimait Raymond Boynton.

Vers trois heures et quart, Sarah descendit sous la grande tente.

Lady Westholme était assise sur une chaise. Malgré la chaleur excessive, elle n'avait pas quitté son costume de cheviote. Sur ses genoux était étalé un rapport de la Commission Royale. Le docteur Gérard conversait avec Miss Pierce, debout près de sa tente. La vieille fille tenait en main *La Recherche Amoureuse*. La couverture de ce roman annonçait une passionnante histoire d'amour incompris.

— Il n'est pas prudent, à cause de la digestion, de s'étendre tout de suite après le repas, expliquait Miss Pierce. L'ombre de la grande tente est si reposante ! Mon Dieu ! pensez-vous que la vieille dame là-haut ait raison de rester en plein soleil ?

Tous les regards se portèrent vers le rocher où Mrs Boynton, tout comme la veille, était assise devant l'entrée de sa caverne, tel un bouddha. Aucun autre être humain n'était en vue. Tout le personnel du campement dormait. A quelque distance de là, dans la vallée, un petit groupe se promenait.

— Pour une fois, opina le docteur Gérard, la bonne maman leur permet de se distraire sans elle. Une nouvelle perversité de sa part, sans doute.

— Voilà exactement ce que je pensais, déclara Sarah.

— Que nous sommes donc méfiants ! Allons rejoindre ces enfants qui font l'école buissonnière.

Laissant Miss Pierce à sa captivante lecture, ils se mirent en route. Arrivés au coude de la vallée, ils rattrapèrent les Boynton qui marchaient à pas lents. Par extraordinaire, ils semblaient heureux et insouciants.

Lennox et Nadine, Carol et Raymond, Mr Cope et les nouveaux venus, Gérard et Sarah, ne tardèrent pas à mêler leurs conversations et leurs rires.

Une soudaine hilarité s'emparait de tous. Chacun sentait que c'était là un plaisir défendu, une joie volée dont il convenait de profiter. Sarah et Raymond ne s'écartèrent point du groupe. Au contraire, Sarah se promena avec Carol et Lennox. Derrière eux, le docteur Gérard bavardait avec Raymond. Nadine et Jefferson Cope cheminaient à quelques pas en arrière.

Soudain, le Français annonça qu'il retournait au campement. Depuis un moment, il s'exprimait d'une façon saccadée. Soudain, il s'arrêta.

— Mille excuses. Il faut que je rentre.

Sarah le regarda.

— Vous êtes souffrant ?

— Oui. Un peu de fièvre. Cela m'a pris tout de suite après le déjeuner.

Sarah le scruta des yeux.

— La malaria ?

— Oui. Je vais prendre de la quinine. J'espère que cette crise sera bénigne. C'est un souvenir d'un voyage au Congo.

— Voulez-vous que je vous accompagne ? demanda Sarah.

— Non ! non ! J'ai emporté avec moi ma trousse pharmaceutique. Quel ennui ! Continuez votre promenade.

D'un pas vif, il reprit la direction du campement.

Hésitante, Sarah le suivit des yeux une minute, puis elle regarda Raymond, lui sourit et ne pensa plus au Français.

Pendant quelque temps, tous les six : Carol, Lennox,

74

Mr Cope, Raymond, Nadine et Sarah, marchèrent de concert.

Bientôt, Sarah et Raymond abandonnèrent le groupe. Ensemble, ils gravirent les rochers, longèrent des précipices et enfin se reposèrent dans un coin ombreux.

Après un silence, Raymond demanda à sa compagne :

— Comment vous appelez-vous ? Miss King, n'est-ce pas ? Mais votre prénom ?

— Sarah.

— Sarah ! Puis-je vous appeler ainsi ?

— Naturellement.

— Sarah, parlez-moi de vous !

Le dos appuyé contre un rocher, Sarah lui raconta sa vie en Angleterre, dans le Yorkshire, lui parla de ses chiens et de sa tante qui l'avait élevée.

A son tour, Raymond lui narra un peu de sa propre existence.

Après quoi, un long silence s'établit. Les mains entrelacées, ils ressemblaient à deux enfants, heureux de se trouver seuls.

Puis, comme le soleil baissait à l'horizon, Raymond s'agita.

— Maintenant, il faut que je rentre. Non, pas avec vous. Je veux arriver seul. J'ai quelque chose à dire et à faire. Ma tâche accomplie, lorsque je me serai démontré à moi-même que je ne suis pas un lâche... alors... alors je n'aurai plus honte de venir solliciter vos conseils et votre aide. J'en aurai besoin. Peut-être même faudra-t-il que je vous emprunte de l'argent.

Sarah se mit à sourire.

— Je suis heureuse de votre décision. Comptez sur moi.

— Mais il est nécessaire que, d'abord, j'agisse seul.

— Que voulez-vous faire ?

Le visage juvénile de Raymond prit un air grave.

— Je veux faire preuve de courage. Aujourd'hui ou jamais !

Brusquement, il se retourna et s'éloigna.

Toujours appuyée contre le rocher, Sarah suivit des yeux la silhouette de Raymond. Quelque chose dans les paroles du jeune homme l'inquiétait vaguement. Raymond paraissait si décidé, si résolu. Elle regretta de ne l'avoir point accompagné.

Mais elle se reprocha aussitôt sa faiblesse. Raymond avait manifesté le désir d'être seul pour mettre à l'épreuve son courage recouvré. C'était son droit.

Cependant, elle priait de tout son cœur que sa décision ne faiblît point...

Le soleil se couchait lorsque Sarah fut de nouveau en vue du campement. A mesure qu'elle approchait, dans la lumière diffuse, elle discernait la forme grotesque de Mrs Boyton, toujours assise à l'entrée de sa caverne. Sarah frémit à l'aspect de cette grosse femme immobile...

Elle hâta le pas sur le sentier et pénétra bientôt sous la grande tente éclairée.

Lady Westholme tricotait un chandail bleu marine, et un écheveau de laine entourait son cou. Miss Pierce brodait sur un napperon des myosotis d'un bleu anémique et écoutait un discours de la politicienne concernant la réforme des lois sur le divorce.

Les serviteurs allaient et venaient et mettaient le couvert. Les Boynton, à un bout de la tente, lisaient, assis sur des transatlantiques. Mahmoud, gras et digne, entra et adressa des remontrances à ses clients. Il avait organisé une promenade très pittoresque pour après le thé, mais personne ne se trouvait là. Tout son programme était gâché !

Sarah s'empressa de lui apprendre que tous s'étaient bien divertis. Elle se retira sous sa tente pour faire un brin de toilette. En revenant, elle s'arrêta devant la tente du docteur Gérard et l'appela à voix basse.

— Docteur Gérard !

Point de réponse. Elle souleva le rideau de la tente et jeta un regard à l'intérieur. Le médecin était étendu, immobile, sur son lit. Sarah se retira sans bruit, pensant qu'il dormait.

Un serviteur s'approcha d'elle et lui montra la tente principale. Sans doute le dîner était-il prêt ? Elle se hâta vers la tente. Tout le monde était rassemblé autour de la table, à l'exception du docteur Gérard et de Mrs Boynton. On envoya un domestique prévenir la vieille dame que le repas était prêt. Ensuite on entendit des bruits confus au dehors. Deux serviteurs effrayés entrèrent précipitamment et s'adressèrent au drogman en langue arabe.

Mahmoud, l'air inquiet, regarda autour de lui et sortit. Inconsciemment, Sarah courut après lui.

— Qu'y a-t-il ? demanda-t-elle.

— La vieille dame. Abdul dit qu'elle est malade... Elle ne bouge plus.

— Je monte la voir.

Sarah pressa le pas. Derrière Mahmoud, elle gravit le rocher et marcha jusqu'à la forme tassée dans le fauteuil, toucha la main épaisse, tâta le pouls et se pencha sur la vieille dame.

Quand elle se redressa, elle était toute pâle.

Elle regagna la grande tente. A l'entrée, elle s'arrêta un instant et regarda le groupe à l'autre bout de la table.

Lorsqu'elle parla, sa voix lui sembla irréelle.

— Excusez-moi, monsieur Boynton, dit-elle, s'adressant à Lennox en tant que chef de la famille, votre mère est morte.

Puis, curieuse, elle observa le visage de ces cinq personnes pour qui cette nouvelle signifiait la liberté...

DEUXIÈME PARTIE

CHAPITRE PREMIER

POIROT EN VACANCES

Le colonel Carbury sourit à son invité et leva son verre :

— A la santé du crime !

Les yeux d'Hercule Poirot clignotèrent de plaisir. Aucun toast ne pouvait être plus opportun. Le détective belge arrivait à Amman, porteur d'une lettre de recommandation du colonel Race auprès du colonel Carbury.

Celui-ci brûlait de voir enfin cet homme célèbre, dont son ami Race lui avait si souvent vanté les dons exceptionnels.

« Un vrai chef-d'œuvre de déduction psychologique ! » lui avait écrit son collègue de l'Intelligence Service, faisant allusion à la découverte du meurtrier de Shaitana.

— Nous nous efforcerons de vous faire voir les endroits les plus pittoresques des environs, dit Carbury, tortillant sa moustache en broussaille.

De taille moyenne, trapu et sans élégance, le colonel était à moitié chauve et ses yeux bleus avaient un regard doux et rêveur. Il n'avait rien du militaire, pas même la vivacité. Quant à sa conception de la discipline, mieux vaut n'en point parler ! Cependant, en Transjordanie, il était un personnage.

— Vous intéresserait-il de visiter Jérash ? demanda-t-il à Poirot.

— Tout m'intéresse.

— Parfait ! C'est la meilleure manière de s'évader un peu de l'existence quotidienne.

Il ajouta, après un silence :

— Avez-vous remarqué que votre profession un peu spéciale vous suit partout ?

— Pardon ?

— Je m'explique. Vous est-il arrivé, alors que vous preniez des vacances, loin du crime, de découvrir des cadavres sur votre route ?

— Plus d'une fois, certes !

— J'ai justement ici, dit doucement le colonel, un cadavre qui m'embarrasse beaucoup.

— Ah ?

— Oui. Une vieille Américaine est venue à Pétra avec sa famille. Voyage fatigant. La vieille femme, souffrant du cœur, supportait mal la chaleur et les inconvénients du déplacement. Elle n'a pas tenu le coup. Elle est morte.

— Ici, à Amman ?

— Non, à Pétra. Le corps est arrivé ici aujourd'hui.

— Tiens !

— Cette mort peut passer pour naturelle. Rien d'extraordinaire, si ce n'est...

— Si ce n'est...

Le colonel Carbury gratta son crâne poli.

— Je soupçonne sa famille de l'avoir tuée.

— Ah ? Qu'est-ce qui vous le fait penser ?

Le colonel Carbury ne répondit pas directement à la question.

— C'était une femme désagréable au possible. Personne ne la pleurera, chacun même se réjouira de sa disparition. Toutefois, il est bien difficile d'avoir les preuves du crime, car les membres de la famille se soutiennent mutuellement. D'autre part, il faut éviter les complications internationales. Le mieux serait de classer l'affaire, d'autant plus que nous ne possédons aucun témoignagne. Un médecin de mes amis me racontait un jour que, plus d'une fois, certains de ses patients étaient partis dans l'autre monde avant leur temps. A mon avis, il est préférable de ne pas se fourrer dans ces histoires, à moins d'avoir des preuves tangibles, si l'on veut éviter des ennuis et des blâmes. Je crois que mon ami était dans le vrai. Cependant... je suis avant tout un homme d'ordre...

Le nœud de cravate du colonel avait passé sous son oreille gauche, ses chaussettes formaient des plis, son manteau râpé était taché et déchiré par endroits. Pourtant, Hercule Poirot ne souriait pas. Il discernait chez ce vieux soldat une honnêteté foncière, un esprit clair et ordonné.

— Oui, je suis un homme d'ordre, répéta Carbury. Je déteste le gâchis et, dès que je le rencontre, j'y remédie de mon mieux. vous comprenez ?

Hercule Poirot acquiesça.

— Il n'a avait donc pas de médecin là-bas ?

— Au contraire, il y en avait deux. Le premier, souffrant d'une crise de paludisme, s'était alité. L'autre était une jeune fille, fraîche émoulue de l'Ecole de médecine, mais qui doit connaître son métier. Cette mort n'offrait rien d'anormal. La vieille femme avait le cœur peu solide. Depuis quelques temps, elle prenait des médicaments. Son décès subit ne présente donc rien d'extraordinaire à première vue.

— En ce cas, pourquoi vous tracasser ?

Le colonel Carbury tourna vers Poirot un œil désabusé.

— Avez-vous entendu parler d'un Français nommé Gérard ? Théodore Gérard ?

— Certainement. Un savant distingué.

— Un loufoque ! rectifia le colonel. Je ne comprends pas pourquoi le fait de tomber amoureux à quatre ans de la femme de ménage vous autoriserait à vous prendre pour l'archevêque de Canterbury à l'âge de trente-huit ans. Mais ces types-là trouvent une explication plausible à toutes les anomalies.

— Le docteur Gérard fait certainement autorité dans certaines formes de névroses, déclara Poirot avec un sourire. Est-ce que sa façon de considérer l'événement survenu à Pétra repose sur ce genre d'argumentation ?

— Non, non ! protesta le colonel en hochant vigoureusement la tête. S'il en était ainsi, je me soucierai peu de son opinion. Non que je mette en doute sa science. Je ne la saisis pas, voilà tout ! Il me rappelle ces Bédouins qui, au milieu du désert, tâtent le sol de leur main et prétendent vous dire, à un kilomètre près, l'endroit où vous êtes. Il ne s'agit pas de magie, mais cela y ressemble fort. Non ! non ! La version du docteur Gérard est tout à fait honnête... Il s'en tient simplement aux faits. Si cela vous intéresse... Mais... d'abord, est-ce que cela vous intéresse ?

— Certainement !

— Alors, je vais prier le docteur Gérard de venir nous raconter lui-même son histoire.

Le colonel appela un planton et lui ordonna de téléphoner au médecin.

— De combien de membres se compose cette famille Boynton ? demanda Poirot.

— Il y a deux fils, dont l'un est marié avec une femme très jolie et raisonnable, et deux filles, toutes deux gentilles, mais ne se ressemblant guère. De toute évidence, la mère était une mégère. Les dominant tous, elle se faisait servir comme une reine. Elle tenait aussi les cordons de la bourse et ils ne pouvaient disposer d'un penny !

— Très intéressant ! Sait-on à qui va l'héritage ?

— J'ai posé moi-même cette question... d'un air détaché. La fortune sera partagée également entre les enfants.

Poirot hocha la tête.

— Alors, selon vous, ils seraient tous complices ?

— Je l'ignore. Voilà où gît la difficulté. Le crime a-t-il été concerté entre les enfants ou est-il le fait d'un seul ? Je ne saurais le dire. Et d'ailleurs, ces suppositions ne riment peut-être à rien. Ce qui n'empêche que je serais heureux de connaître votre avis au point de vue professionnel. Ah ! Voici Gérard !

CHAPITRE II

« IL NE NOUS RESTE PLUS QU'A LA TUER... »

Le Français arrivait d'un pas alerte, mais sans se presser. En serrant la main du colonel Carbury, il jeta vers Poirot un regard scrutateur.

Carbury prit la parole :

— Je vous présente M. Hercule Poirot. Il est mon hôte. Je viens de l'entretenir de l'affaire de Pétra.

— Ah ! bah ?

Gérard, après avoir regardé Poirot de la tête aux pieds, ajouta :

— Cette affaire vous intéresse ?

Hercule Poirot leva les mains au ciel.

— Hélas ! Peut-on échapper à sa profession ?

— C'est ma foi vrai ! fit Gérard.

— Voulez-vous boire quelque chose ? demanda Carbury.

Il versa au médecin un verre de whisky et soda, puis tendit le carafon à Poirot, qui refusa d'un signe de tête. Le colonel Carbury se tourna vers Gérard.

— Eh bien ! dit-il, où en sommes-nous ?

— Je crois comprendre, remarqua Poirot à l'intention du médecin, que le colonel n'est pas très satisfait.

Gérard esquissa un geste expressif.

— C'est bien ma faute, expliqua-t-il. Sachez, colonel, que je puis m'être trompé... du tout au tout.

Carbury poussa un grognement.

— Racontez les faits à notre ami Poirot.

Le docteur Gérard débuta par un rappel rapide des

incidents qui avaient précédé le voyage à Pétra. Il fit le portrait des membres de la famille Boynton, notant au passage leur état d'excitation nerveuse.

Poirot écoutait avec attention.

Gérard, arrivant aux événements survenus à Pétra, expliqua pourquoi il était rentré seul au campement.

— Souffrant d'une crise de paludisme, je décidai de me faire une injection intraveineuse de quinine. C'est le traitement habituel. La fièvre ne me lâchait pas et j'entrai sous ma tente d'un pas chancelant. Tout d'abord, je ne trouvai point ma trousse pharmaceutique. On l'avait déplacée. Quand, enfin, je mis la main dessus, je cherchai vainement ma seringue hypodermique. De guerre lasse, j'absorbai par la bouche une forte dose de quinine et me jetai sur mon lit.

Après un court silence, Gérard continua :

— La mort de Mrs Boynton ne fut découverte qu'après le coucher du soleil. Bien installée dans son fauteuil, elle n'avait pas bougé et ce fut seulement à six heures et demie, lorsqu'un des serviteurs monta l'appeler pour le dîner, qu'on s'aperçut de son décès.

Il donna tous les détails possibles sur la position de la caverne, assez éloignée de la tente principale.

— Miss King, qui a son diplôme de docteur en médecine, examina le cadavre, mais elle ne me fit point déranger, sachant que je souffrais de la fièvre. D'ailleurs, il n'y avait rien à faire, Mrs Boynton était morte depuis quelque temps.

— Depuis quand exactement ? demanda Poirot.

— Je ne crois pas que Miss King se soit inquiétée de ce détail, répondit lentement Gérard. Elle ne lui attribuait sans doute aucune importance.

— On devrait tout de même savoir à quelle heure Mrs Boynton a, pour la dernière fois, été vue encore en vie ? fit Poirot.

Le colonel Carbury s'éclaircit la gorge et consulta un document à l'aspect officiel. Il lut :

« Lady Westholme et Miss Pierce ont parlé à Mrs Boynton peu après quatre heures de l'après-midi. Lennox Boynton lui a dit quelques mots vers quatre heures et demie. Mrs Lennox Boynton a eu une longue conversation avec sa belle-mère, environ cinq minutes après. Carol Boynton échangea avec sa mère quelques paroles, mais elle ne saurait préciser l'heure ; cependant d'après les témoignages des autres, ce serait vers cinq heures dix.

« Jefferson Cope, un ami américain de la famille, de retour au campement en compagnie de lady Westholme et Miss Pierce, vit la vieille dame endormie. Il ne lui adressa point la parole. C'était à six heures moins vingt. Raymond Boynton, le cadet, serait la dernière personne qui ait vu Mrs Boynton vivante. Revenant de la promenade, il est allé lui parler à six heures moins dix environ. La découverte du décès eut lieu à six heures et demie, lorsque le domestique alla prévenir Mrs Boynton que le dîner était servi. »

— Entre le moment où Raymond Boynton a conversé avec sa mère et six heures et demie, personne ne s'est donc approché d'elle ? demanda Poirot.

— Il semble que non.

— Mais quelqu'un aurait-il pu le faire ? insista le détective.

— Je ne crois pas. Depuis six heures, les serviteurs allaient et venaient dans le campement et les touristes circulaient d'une tente à l'autre. Nul ne peut dire qu'il a vu quelqu'un s'approcher de la vieille dame.

— En ce cas, Raymond Boynton est le dernier à avoir vu sa mère vivante ? dit Poirot.

Le docteur Gérard et le colonel Carbury échangèrent un regard. Le colonel tambourina sur la table avec ses doigts.

— Ici, nous commençons à nager, fit-il. En tant que médecin, Gérard, donnez-nous votre version.

— Comme je viens de le dire, Sarah King, en examinant Mrs Boynton, n'a pas jugé nécessaire de déterminer l'heure précise du décès. Elle se contenta d'annoncer que Mrs Boynton était morte depuis « quelque temps ». Mais quand, le lendemain matin, pour des raisons personnelles, je tins à préciser les faits et mentionnai que Mrs Boynton avait été encore vue vivante par son fils, Raymond, peu avant six heures, Miss King, à ma grande surprise, déclara à brûle-pourpoint que c'était impossible, qu'à ce moment-là Mrs Boynton devait avoir succombé.

Poirot leva les sourcils.

— Bizarre ! Très bizarre. Et que dit Mr Raymond Boynton ?

Le colonel Carbury intervint :

— Il jure que sa mère était encore vivante. Il est allé vers elle et lui a dit : « Me voici de retour. J'espère que vous avez passé un bon après-midi. » Ou quelque chose de ce genre. Il dit que sa mère grommela : « Très bon ! » Ensuite, il aurait regagné sa tente.

— Voilà qui est curieux, fit Poirot, de plus en plus perplexe. La nuit était-elle tombée à ce moment-là ?

— Le soleil se couchait.

— Curieux, répéta Poirot. Et vous, docteur Gérard, quand avez-vous vu le corps ?

— Pas avant le lendemain. A neuf heures du matin, pour être précis.

— Et selon vos estimations, à quelle heure remontait la mort ?

Le Français haussa les épaules.

— Il est difficile de préciser, après un temps si long. Si je devais témoigner devant un tribunal, je déclarerais que la mort remontait à douze heures au moins, mais pas à plus de dix-huit. Ce renseignement est très vague.

— Continuez, Gérard, insista le colonel. Faites connaître à Mr Poirot le reste de ce que vous savez.

— Le matin, à mon lever, j'ai trouvé ma seringue hypodermique, derrière des flacons, sur ma table de toilette.

Il se pencha en avant.

— Vous me direz peut-être que je l'avais mal cherchée la veille, parce que je souffrais d'un violent accès de fièvre. J'affirme cependant que la seringue ne se trouvait pas à cet endroit.

— Il y a autre chose encore, dit le colonel Carbury.

— Oui. Deux faits que je vous signale pour ce qu'ils valent, mais auxquels j'attache personnellement beaucoup d'importance. J'ai relevé, sur le poignet de la morte, une marque causée, il me semble, par une seringue hypodermique. Je dois ajouter que sa fille en explique la présence par un piqûre d'épingle...

— Quelle fille ?

— Carol.

— Bien. Continuez, je vous prie !

— Voici l'autre fait. Examinant ma petite trousse pharmaceutique, j'ai constaté que ma réserve de digitoxine avait sensiblement diminué.

— La digitoxine, s'enquit Poirot, est un poison pour le cœur, n'est-ce pas ?

— Oui. On l'obtient de la *digitalia purpurea*, communément appelée la digitale. Elle renferme quatre principes actifs : la *digitaline*, la *digitonine*, la *digitaleine* et la *digitoxine*. On considère la digitoxine comme le poison le plus violent contenu dans les feuilles de digitale. D'après Kopp, ses effets sont de six à dix fois plus violents que ceux de la *digitaline*.

— Ainsi, une forte dose de digitoxine ?...

Le docteur conclut, d'une voix grave :

— Une certaine dose de digitoxine injectée dans la circulation par voie intraveineuse provoquerait la mort subite par la paralysie du cœur. On estime que quatre milligrammes suffisent pour tuer un adulte.

— Et Mrs Boyton souffrait du cœur, n'est-ce pas ?

— Oui, elle prenait même un médicament contenant de la digitaline.

— Extrêmement intéressant, dit Poirot.

— Vous croyez que sa mort pourrait être attribuée à une dose excessive de son propre médicament ? demanda le colonel.

— Evidemment. Mais je songe à autre chose.

— Les principes actifs de la digitaline, déclara le docteur Gérard, peuvent causer la mort sans laisser de traces appréciables.

— Très habile, fit Poirot. S'il y a meurtre, messieurs, le coupable a fait preuve d'une grande intelligence. Les témoignages feraient défaut devant un jury. La seringue hypodermique est remise en place, le poison employé est de même nature que le médicament pris par la victime, ce qui laisserait croire à une erreur, à un accident. L'assassin est un type remarquable. Il y a là de la réflexion, de la prudence, voire du génie.

Après un silence, il leva la tête.

— Et pourtant, une chose m'intrigue.

— Quoi donc ?

— Le vol de la seringue hypodermique.

— On l'a prise, dit le docteur Gérard.

— Prise et restituée ?

— Oui.

— Bizarre, dit Poirot, très bizarre. Par ailleurs, tout cadre si bien...

Le colonel Carbury le considéra d'un œil curieux.

— En définitive, monsieur Poirot, quelle est votre opinion en tant que « technicien » ? Y a-t-il eu meurtre ou non ?

Poirot leva une main prudente.

— Un moment. Nous n'en sommes pas encore là. Il nous reste quelques témoignages à établir.

— Quels témoignages ? Vous les avez tous !

— Non. Car, moi, Hercule Poirot, je vous en apporte un nouveau.

Hochant la tête, il souriait devant l'étonnement des deux hommes.

— Voilà qui est drôle, n'est-ce pas ? Ecoutez ! Un soir, à l'hôtel Salomon, je m'approche de la fenêtre de ma chambre pour m'assurer qu'elle est fermée...

— Fermée... ou bien ouverte ? demanda Carbury.

— Fermée, affirma Poirot. Elle était ouverte et, naturellement, j'allais la fermer. Mais au moment où je prenais la poignée, j'entendis une voix, douce et claire une voix que l'émotion altérait un peu et que je reconnaîtrais entre mille. Et que disait cette voix ? Textuellement ces mots : *Alors, tu vois bien, il ne nous reste plus qu'à la tuer !*

Il fit une pause.

— Sur le moment, je ne pris pas cette phrase au sérieux, pensant qu'il s'agissait d'un romancier ou d'un dramaturge en train de discuter la trame de son œuvre. Maintenant, j'ai quelques doutes, ou plutôt je suis certain que tel n'était pas le cas.

Après un nouveau silence, Poirot continua :

— Messieurs, laissez-moi vous dire mon impression franche : ces paroles ont été prononcées par un jeune homme qu'il m'arriva de voir ensuite dans le salon de l'hôtel. D'après mes renseignements, cet adolescent s'appelle Raymond Boynton.

CHAPITRE III

POIROT PREND L'AFFAIRE EN MAIN

— Raymond Boynton a dit cela ? s'exclama le Français.

— Cela vous semble invraisemblable, psychologiquement parlant ? lui demanda Poirot.

Gérard hocha la tête.

— Pas précisément, mais j'en demeure surpris. Bien que Raymond Boynton remplisse toutes les conditions requises pour être suspect à nos yeux.

Le colonel Carbury poussa un soupir qui semblait dire : « Ah ! ces psychologues ! »

— Il reste maintenant à savoir ce que nous comptons faire.

— Je ne vois rien à faire pour l'instant, avoua le médecin. Le témoignage de Mr Poirot paraît peu concluant. Nous croyons savoir qu'un meurtre a été commis, mais il sera difficile de le prouver.

— Je comprends, fit le colonel Carbury. Nous croyons qu'un meurtre a été commis, et nous allons rester là à nous tourner les pouces.

Il s'insurgea :

— Eh bien ! non ! C'est une attitude que je n'admets pas. Je suis un homme d'ordre !

— Je sais, déclara Poirot, hochant la tête avec sympathie. Vous voudriez y voir clair et savoir exactement ce qu'il en est ! Quant à vous, docteur Gérard, vous pensez qu'il n'y a rien à faire et que mon témoignage est pratiquement sans valeur ? Possible. Mais verriez-vous d'un bon œil les choses en rester là ?

— La vie de cette vieille femme était bien fragile, prononça lentement Gérard. De toute façon, elle serait morte sous peu... Mettons une semaine, un mois, une année tout au plus.

— Alors, vous êtes satisfait ? insista Poirot.

— Sa mort est... comment m'exprimer ? un soulagement pour tous les siens. Elle leur apporte la liberté. Ces enfants pourront enfin vivre. Comprenez-vous ? Tous me semblent intelligents et pleins de possibilités. Elle les brimait. Ils vont pouvoir devenir des êtres utiles à la société. Du décès de Mrs Boynton ne peut sortir, à mon sens, que du bien.

Pour la troisième fois, Poirot demanda :

— Donc, vous êtes satisfait ?

— Non ! Je ne suis pas satisfait ! Mon instinct me pousse plutôt à préserver la vie... qu'à accélérer la mort. Si mon être conscient juge que la disparition de cette femme est un bien, mon subconscient se révolte à cette idée. *Un être humain ne doit pas mourir avant son heure !*

Poirot sourit, heureux de cette réponse qu'il avait eu tant de peine à arracher au médecin.

Impassible, le colonel Carbury constata :

— Le docteur Gérard condamne l'assassinat. Bravo ! Moi aussi !

Il se leva et se versa une large rasade de whisky. Les verres de ses invités étaient encore pleins.

— A présent, dit-il, revenons à nos moutons. En la circonstance, nous préférerions ne point agir, mais il faudra bien en prendre notre parti et nous montrer à la hauteur de notre tâche.

Gérard se pencha en avant :

— Monsieur Poirot, quelle est votre opinion, en tant que spécialiste ?

Poirot réfléchit avant de parler. Méthodique, il rangea un ou deux cendriers, réunit en un petit tas les bouts d'allumettes usagées, puis il dit :

— Oui ou non, colonel Carbury, désirez-vous savoir qui a tué Mrs Boynton ? Ceci, si elle a été tuée et n'est pas morte de sa belle mort. Souhaitez-vous connaître la vérité sur toute cette affaire ?

— Oui, j'aimerais la connaître, déclara Carbury. Comment vous y prendrez-vous pour nous la révéler ?

— En examinant avec attention et méthode tous les témoignages.

— Je suis d'accord, déclara le colonel.

— Et par l'étude psychologique des faits.

— Voilà qui satisfera, je l'espère, le docteur Gérard, dit Carbury. Et, après avoir passé au crible tous les témoignages, raisonné tout votre saoul et louvoyé dans le domaine psychologique, vous comptez pouvoir faire sortir le lapin du chapeau ?

— Je serais extrêmement surpris de ne pas y réussir, déclara Poirot, d'un ton assuré.

Le colonel Carbury le regarda par-dessus le bord de ses lunettes. Il jaugea les qualités du détective et une lueur de compréhension éclaira ses yeux ternes.

Il posa ses lunettes en poussant un grognement.

— Que dites-vous de cela, docteur Gérard ?

— J'avoue que je doute du succès de Mr Poirot. Toutefois, je reconnais ses grandes qualités.

— C'est vrai. Je possède des dons remarquables, dit le petit homme avec un sourire modeste.

Le colonel tourna la tête et toussa.

Poirot reprit :

— Il faut d'abord déterminer si ce crime a été concerté et exécuté par tous les Boynton ou s'il est l'œuvre d'un seul d'entre eux. Auquel cas, nous aurions ensuite à déterminer celui que nous devons soupçonner.

— Voici où entre en jeu votre témoignage, monsieur Poirot, dit le docteur Gérard. A mon avis, Raymond Boynton paraîtrait le plus suspect.

— D'accord. La phrase que j'ai surprise et la contradiction entre sa déposition et celle de la jeune doctoresse, le désignent tout d'abord à notre attention. C'est lui qui, le dernier, a vu Mrs Boynton vivante, selon sa version, contredite par Sarah King. Dites-moi, docteur Gérard, existe-t-il... un flirt entre les deux jeunes gens ?

— Aucun doute là-dessus, dit le Français.

— Cette jeune personne n'a-t-elle pas les cheveux noirs tirés en arrière du front, de grands yeux marron... et des manières tout à fait décidées ?

Le docteur Gérard manifesta quelque surprise.

— Oui. Votre signalement paraît exact.

— Je crois l'avoir vue à l'hôtel Salomon. Elle était en train de parler à ce Raymond Boynton qui, ensuite, demeura planté là... comme s'il rêvait... obstruant la sortie de l'ascenseur. Trois fois je lui ai dit « Pardon » avant qu'il m'entendît et se rangeât de côté.

Poirot demeura pensif quelques instants, puis il reprit :

— Tout d'abord, nous accepterons le témoignage médical de Miss Sarah King sous certaines réserves. Elle est intéressée dans l'affaire. Croyez-vous que Raymond Boynton ait assez de tempérament pour commettre un crime ?

— Vous faites allusion à un crime prémédité ? Oui. Je l'en crois capable, mais sous le coup d'une forte commotion nerveuse.

— Ces conditions existaient-elles ?

— Assurément. Ce voyage à l'étranger avait intensifié l'état de nervosité de tous ces jeunes gens. Le contraste entre leur vie et celles des autres devenait plus frappant à leurs yeux. Et dans le cas de Raymond Boynton...

— Dans son cas ?

— Dans son cas, il y avait le fait qu'il se sentait fortement attiré vers Sarah King.

— Ce qui était pour lui à la fois un mobile supplémentaire et un stimulant.

— Très juste.

Le colonel Carbury toussota.

— Permettez-moi de placer un mot. Cette phrase que vous avez surprise : « *Alors, tu vois bien, il ne nous reste plus qu'à la tuer !* » Raymond Boynton l'adressait sûrement à quelqu'un ?

— Bravo ! approuva Poirot. Je n'ai pas oublié ce détail. Oui, à qui Raymond parlait-il ? Probablement à un membre de sa famille. Mais lequel ? Docteur, parlez-nous, je vous prie, des autres Boynton.

— Carol Boynton souffrait, ce me semble, d'un état assez semblable à celui de Raymond, un état de révolte accompagné de graves troubles nerveux, mais, dans son cas, l'élément sexuel était absent. Lennox Boynton avait passé le stade de la rébellion. Il sombrait dans l'apathie et il lui devenait même difficile de concentrer ses pensées. De plus en plus, il se repliait sur lui-même.

— Et sa femme ?

— Bien que lasse et malheureuse, elle hésitait à prendre une décision.

— Une décision ? Laquelle ?

— Elle se demandait si, oui ou non, elle devait quitter son mari.

Le docteur Gérard répéta sa conversation avec Jefferson Cope.

— Et la plus jeune des filles ? dit Poirot. Elle s'appelle Geneviève, n'est-ce pas ?

Le visage du Français s'assombrit.

— Oui. Elle manifeste des symptômes de schizophrénie. Atteinte de la manie de la persécution, elle croit qu'on veut la supprimer et, pour échapper à cette idée, elle se réfugie dans le domaine de l'irréel. Elle s'imagine être de descendance royale et se croit entourée d'ennemis.

— Sa raison est-elle en danger ?

— Certes, oui ! C'est le début de ce que l'on appelle la manie homicide. Le malade tue, non pour le plai-

sir de tuer, mais pour se défendre. A son point de
vue, elle est tout à fait logique.

— Vous supposez donc que Geneviève aurait pu
tuer sa mère ?

— Oui. Mais je doute qu'elle possède l'expérience
voulue pour accomplir un tel crime. Les malades
de ce genre emploient généralement des ruses cou-
sues de fil blanc et choisissent des méthodes plutôt
spectaculaires.

— Elle est tout de même sur les rangs ? insista
Poirot.

— Oui, admit Gérard.

— Maintenant, à quelle heure le crime a-t-il eu
lieu ? Croyez-vous que le reste de la famille connaisse
le coupable ?

— Certainement ! affirma le colonel Carbury, à la
stupéfaction des deux autres. Si j'ai jamais rencontré
un groupe de personnes qui ait quelque chose à
cacher, c'est bien elles ! Ils s'ingénient à nous donner le change.

— Nous leur arracherons bien la vérité, dit Poirot.

— En les soumettant au troisième degré ? demanda
le colonel, les sourcils relevés.

— Non, repartit Poirot en hochant la tête. Simplement au cours de la conversation. D'ordinaire les
gens disent la vérité, parce que c'est le moyen le plus
commode. Cela fatigue moins leurs facultés d'inven-
tion. On peut mentir une fois, deux fois, trois et même
quatre fois, mais pas indéfiniment. Et la vérité finit
par se faire jour.

— Il y a du vrai là-dedans, observa Carbury. Vous
leur parlerez, dites-vous ? Vous avez donc l'intention
de prendre l'affaire en main ?

— Ne laissons subsister aucune équivoque, répondit Poirot. Ce que vous désirez et ce que je me pro-
pose de vous fournir, c'est la vérité. Mais, attention !
Même une fois en possession de la vérité, les preuves
peuvent nous manquer. J'entends des preuves accep-
tables par un tribunal. Me comprenez-vous ?

— Parfaitement, fit Carbury. Vous m'apprenez les
faits tels qu'ils se sont passés. A moi de décider s'il

y a lieu de mettre la justice en branle, eu égard aux complications internationales possibles. De toute façon, nous saurons à quoi nous en tenir. Pas de gâchis ! J'ai horreur du gâchis !

Poirot sourit.

— Autre chose, dit Carbury. Je suis obligé de limiter la durée de l'enquête, car il m'est impossible de retenir ces gens ici indéfiniment.

— Vingt-quatre heures me suffiront. Vous connaîtrez la vérité demain soir.

Le colonel Carbury ouvrit de grands yeux.

— Vous paraissez sûr de vous-même !

— Je sais de quoi je suis capable, murmura Poirot.

Gêné de cette attitude peu anglaise, le colonel Carbury détourna la tête et tortilla sa moustache broussailleuse.

— Eh bien ! dit-il, à vous de nous le démontrer.

— Et si vous réussissez, mon ami, lui dit le docteur Gérard, je vous tire humblement mon chapeau.

CHAPITRE IV

LA DÉPOSITION DE SARAH KING

Sarah King posa un long regard scrutateur sur Hercule Poirot. Elle examina en détail sa tête ovoïde, sa grosse moustache, sa recherche vestimentaire et la noirceur suspecte de ses cheveux.

— Eh bien ! mademoiselle, êtes-vous satisfaite ?

Sarah rougit lorsque ses yeux rencontrèrent le regard ironique et amusé de Poirot.

— Je vous demande pardon, dit-elle maladroitement.

— De rien ! Au moins, vous me reconnaîtrez la prochaine fois.

Sarah esquissa un sourire.

— Je ne vous empêche pas de me rendre la pareille.

— Merci de l'offre. Mais je n'ai pas attendu votre permission.

Elle lui lança un regard dur. Cette plaisanterie n'était pas de son goût. Mais déjà Poirot tortillait avec complaisance sa moustache.

Sarah songea : « Cet homme est un charlatan ! » Reprenant confiance en elle-même, elle se redressa légèrement et observa :

— Je ne comprends pas très bien l'objet de cette entrevue.

— Le bon docteur Gérard ne vous a rien expliqué ?

— Je n'ai pas bien saisi ce qu'il m'a dit. Il paraissait croire...

— Que quelque chose est pourri dans l'Etat du Danemark... dit Poirot, citant *Hamlet*. Vous voyez, mademoiselle, que je connais votre Shakespeare.

Sarah ne releva point cette remarque, mais demanda :

— Que signifie toute cette histoire ?

— Tout simplement ceci : on cherche à connaître la vérité.

— Faites-vous allusion à la mort de Mrs Boynton ?

— Oui.

— Que de complications inutiles ! Evidemment, vous êtes un spécialiste, monsieur Poirot, et, pour vous, il est tout naturel...

Poirot acheva la phrase :

— De soupçonner le crime partout où je trouve prétexte à le faire, n'est-ce pas ?

— Ma foi... oui... peut-être.

— Vous n'avez aucune idée des causes de la mort de Mrs Boynton ?

Sarah haussa les épaules.

— En réalité, monsieur Poirot, si vous aviez été à Pétra, vous comprendriez que le voyage était bien trop pénible pour une vieille femme au cœur malade.

— Alors, pour vous, la mort est tout à fait naturelle ?

— Certainement. Je ne comprends pas l'attitude du docteur Gérard. Il ignore ce qui s'est passé. Il était alité, en proie à un accès de fièvre. En d'autres circonstances, je m'inclinerais volontiers devant ses connaissances médicales, mais dans le cas qui nous occupe, il ne peut appuyer ses affirmations sur rien. Si mon rapport ne suffit pas, pourquoi ne pas procéder à une autopsie à Jérusalem ?

Après un silence. Poirot dit :

— Miss King, vous ignorez un fait que le docteur Gérard a sans doute omis de vous révéler.

— Lequel ?

— Une certaine quantité de drogue, de digitoxine pour préciser, a été enlevée de sa trousse pharmaceutique.

Comprenant aussitôt la situation, Sarah demanda :

— Le docteur Gérard en est-il bien sûr ?

— Vous devez le savoir, mademoiselle. Un médecin ne fait pas de telles déclarations à la légère.

— Cela ve sans dire. Mais, à ce moment-là, le docteur Gérard souffrait d'une crise de paludisme.

— C'est juste.

— Sait-il à peu près quand on lui a enlevé son médicament ?

— Il a eu l'occasion d'ouvrir sa trousse le soir même de son arrivée à Pétra pour prendre de la phénacétine, car il avait une forte migraine. Lorsque, le lendemain matin, il remit le remède en place et referma sa trousse, il était presque certain que tout s'y trouvait au complet.

— Presque ? appuya Sarah.

Poirot haussa les épaules.

— Evidemment, il subsiste un doute. Le doute que tout honnête homme ressentirait à sa place.

— Oui, je comprends. On se méfie toujours des gens trop sûrs d'eux-mêmes. Cependant, monsieur Poirot, ce témoignage est très fragile. Il me semble...

De nouveau, Poirot acheva pour elle la phrase commencée :

— Il vous semble qu'une enquête de ma part est peu opportune.

Sarah le regarda bien en face.

— C'est exact. Ne croyez-vous pas, monsieur Poirot, que vous vous prêtez à un jeu plutôt cruel ?

— La vie privée d'une famille se trouve bouleversée... afin qu'Hercule Poirot puisse se livrer à son sport favori de détective ? dit Poirot en riant.

— Je n'ai pas voulu vous offenser, mais avouez qu'il y a un peu de cela.

— Alors, mademoiselle, vous prenez le parti de la famille Boynton ?

— Eh bien ! oui. Ces gens-là ont beaucoup souffert. On devrait maintenant les laisser vivre en paix.

— Et la maman désagréable et tyrannique, il vaut mieux la savoir morte que vivante. C'est bien cela, n'est-ce pas ?

— Si vous prenez la chose ainsi...

Sarah marqua une pause, rougit et reprit :

— On ne devrait pas, à mon avis, tenir compte de ces contingences.

— Que ce soit votre opinion, mademoiselle, soit ! Mais ce n'est pas la mienne. La caractère de la morte m'importe peu. Que la victime soit un saint du Paradis ou un monstre d'infamie, les faits ne changent pas. Une vie a été supprimée ! Je ne cesse de le répéter : je n'approuve pas le meurtre !

— Le meurtre ?

Sarah en eut la respiration presque coupée. D'une voix troublée, elle dit :

— Mais quelle preuve avez-vous ? Le docteur Gérard lui-même ne peut rien affirmer.

— Il existe un autre témoignage, mademoiselle, dit lentement Poirot.

— Lequel ?

— La trace d'une piqûre hypodermique sur le poignet de la morte. Et autre chose encore : certaines paroles que j'ai surprises à Jérusalem par une nuit clair et sereine, alors que j'allais fermer la fenêtre de ma chambre. Vous répéterai-je ces paroles, Miss King ? J'ai entendu Mr Raymond Boynton dire : *Alors, tu vois bien, il ne nous reste plus qu'à la tuer !*

Il vit le sang se retirer lentement du visage de la jeune fille.

— Vous l'avez entendu prononcer ces mots ?

— Oui.

La jeune fille regarda devant elle. Enfin, elle dit :

— Il a fallu que ce fût vous qui les entendiez !

— Evidemment ! Ce devait être moi. Ces coïncidences se rencontrent ! Vous comprenez maintenant pourquoi j'envisage la nécessité d'une enquête ?

— Oui, vous avez tout à fait raison.

— Et vous m'aiderez ?

— Certes.

Elle parlait d'un ton différent, sans émotion apparente. Ses yeux soutinrent le regard de Poirot. Le détective inclina la tête.

— Merci, mademoiselle. Maintenant, je vous prierai de me raconter exactement ce que vous savez de cette journée.

Sarah réfléchit un instant.

— Voici : Je suis allée en excursion le matin. Aucun des Boynton ne nous accompagnait. Je les ai vu au déjeuner. Ils finissaient leur repas lorsque nous sommes entrés. Mrs Boynton semblait d'excellente humeur, contrairement à son habitude.

— A l'accoutumée, elle n'était guère aimable, n'est-ce pas ?

— Loin de là ! dit Sarah en faisant une légère moue.

Elle décrivit ensuite la façon dont Mrs Boynton avait libéré les siens de leurs devoirs envers elle.

— Cela aussi sortait de l'ordinaire ?

— Oui. Elle les gardait toujours autour d'elle.

— Pensez-vous qu'elle ait soudain éprouvé un remords et voulu se racheter par un bon mouvement ?

— Non, je ne le crois pas.

— Alors, quelle est votre opinion ?

— Son attitude m'intrigua. Je pensai qu'elle voulait jouer avec eux comme le chat avec la souris.

— Expliquez-vous, mademoiselle.

— Un chat prend plaisir à laisser échapper une

souris... et à la rattraper. Telle était la mentalité de Mrs Boynton : elle devait tramer quelque perfidie.

— Que se passa-t-il, ensuite, mademoiselle ?

— Les Boynton partirent...

— Tous ?

— Non. La plus jeune, Geneviève, resta au campement. Sa mère la pria d'aller se reposer.

— La petite le désirait-elle ?

— Nullement. Mais elle obéit. Les autres allèrent se promener. Le docteur Gérard et moi, nous les rejoignîmes.

— Vers quelle heure ?

— A trois heures et demie environ.

— Où se trouvait alors Mrs Boynton ?

— Nadine, la jeune Mrs Boynton, avait installé sa belle-mère dans un fauteuil devant l'entrée de sa caverne.

— Continuez.

— Arrivés au tournant du sentier, nous rencontrâmes les autres et tous, nous marchâmes ensemble. Au bout d'un moment, le docteur Gérard manifesta l'intention de rentrer. Depuis un certain temps, il paraissait mal à l'aise et je devinai qu'il souffrait de la fièvre. Je lui proposai de l'accompagner, mais il ne voulut rien entendre.

— Quelle heure était-il ?

— Environ quatre heures, je crois.

— Et que firent les autres ?

— Nous poursuivîmes notre promenade.

— Etiez-vous tous ensemble ?

— Oui, au début. Ensuite, nous nous séparâmes.

Sarah parla précipitamment, comme si elle prévoyait la prochaine question :

— Nadine Boynton et Mr Cope se dirigèrent de leur côté ; Carol, Lennox, Raymond et moi d'un autre.

— Et vous avez continué ainsi ?

— Non. Raymond Boynton et moi nous quittâmes les autres. Nous allâmes nous asseoir sur un rocher plat pour admirer le paysage. Puis il s'éloigna et je demeurai seule à cet endroit pendant un moment. A cinq heures et demie, je consultai ma montre et me décidai à prendre le chemin du retour. J'arrivai au campement à six heures, au coucher du soleil.

— Vous êtes passée devant Mrs Boynton ?

— Je remarquai qu'elle était toujours installée dans son fauteuil sur le rocher.

— Son immobilité ne vous a pas semblé étrange ?

— Non. La veille, à notre arrivée, je l'avais vue assise au même endroit.

— Bien, continuez.

— J'entrai dans la tente principale. Tous s'y trouvaient, sauf le docteur Gérard. Après avoir fait un brin de toilette, je vins les rejoindre. Le dîner servi, un des domestiques alla prévenir Mrs Boynton. Il revint en courant nous dire qu'elle était malade. Je me précipitai hors de la tente. La vieille femme était toujours dans son fauteuil. Mais, dès que je la touchai, je compris qu'elle était morte.

— Vous n'avez pas douté un instant que sa mort ne fût naturelle.

— Pas le moins du monde. Je savais qu'elle souffrait de troubles cardiaques, sans connaître toutefois la nature exacte de sa maladie.

— Vous avez simplement pensé qu'elle était morte là, dans son fauteuil ?

— Oui.

— Sans même appeler à l'aide ?

— Oui. Le cas n'eût pas été exceptionnel. Elle pouvait être morte durant son sommeil. On s'endort et on ne se réveille pas. Ça arrive ! Dans le campement tout le monde a fait la sieste une grande partie de l'après-midi. Personne ne l'eût entendu appeler, à moins qu'elle n'eût crié assez fort.

— A votre avis, depuis combien de temps était-elle morte ?

— Je ne m'en suis pas inquiétée. Mais sûrement depuis un certain temps.

— Qu'appelez-vous « un certain temps » ? demanda Poirot.

— Ma foi... plus d'une heure... peut-être davantage. La chaleur réfractée par le rocher aurait maintenu celle de son corps.

— Plus d'une heure ? Savez-vous, mademoiselle King, que Mr Raymond Boynton lui a parlé seulement une demi-heure auparavant et qu'elle était encore bien en vie ?

Sarah détourna les yeux et hocha la tête.

— Il a dû faire erreur. Ce devait être bien plus tôt.

— Non, mademoiselle.

Elle regarda le détective bien en face. Poirot remarqua de nouveau le contour ferme de sa bouche.

— Après tout, dit Sarah, je suis jeune et ne possède pas encore une longue expérience médicale. Cependant, j'en sais suffisamment pour affirmer un fait : Mrs Boynton était morte depuis au moins une heure lorsque je l'ai examinée.

— Ça, c'est votre version, déclara brusquement Hercule Poirot, et vous n'en démordrez point !

— Je dis la vérité.

— Alors, pouvez-vous m'expliquer pourquoi Mr Boynton affirme que sa mère était vivante, lorsque, de fait, elle était morte ?

— Je n'en ai aucune idée, fit Sarah. Aucun de ces Boynton ne semble avoir la notion de l'heure !

— Combien de fois, mademoiselle, leur avez-vous parlé ?

Fronçant le sourcil, Sarah réfléchit un moment.

— Je vais vous renseigner exactement. J'ai adressé la parole à Raymond Boynton dans le couloir du wagon-lit en allant à Jérusalem. J'ai eu deux entretiens avec Carol Boynton : un à la mosquée d'Omar et l'autre, le même soir, à une heure tardive dans ma chambre à coucher. Le lendemain matin, j'ai parlé à Mrs Lennox Boynton. Voilà tout... jusqu'à l'après-midi de la mort de Mrs Boynton, alors que nous étions tous en promenade.

— Vous n'avez jamais conversé avec Mrs Boynton elle-même ?

Un peu gênée, Sarah rougit.

— Si... le jour de son départ de Jérusalem... Nous avons seulement échangé... quelques paroles. Je me suis même rendue ridicule !

— Comment cela ?

Devant cette interrogation de Poirot, Sarah, à contre-cœur, raconta sa conversation avec la vieille dame.

Fort intéressé, Poirot revint à la charge.

— La mentalité de Mrs Boynton prend de l'importance à mes yeux, dit-il. Votre jugement est impartial et j'y attache une grande valeur.

Sarah se tut. Le souvenir de ce récent entretien la troublait fort.

— Merci, mademoiselle, dit Poirot. Je vais maintenant passer aux autres témoins.

Sarah se leva.

— Excusez-moi, monsieur Poirot. Me permettrez-vous un conseil ?

— Certainement.

— Pourquoi ne pas remettre votre interrogatoire après l'autopsie, lorsque vous saurez si vos soupçons sont justifiés ? Vous placez, il me semble, la charrue avant les bœufs.

Poirot esquissa un geste théâtral.

— C'est la méthode d'Hercule Poirot, déclara-t-il.

Pinçant les lèvres, Sarah quitta la pièce.

CHAPITRE V

LES DÉPOSITIONS
DE LADY WESTHOLME
ET DE MADEMOISELLE PIERCE

Avec l'assurance d'un transatlantique entrant au port, lady Westholme pénétra dans la pièce.

Miss Amabel Pierce, embarcation de nature mal définie, suivit le sillage du gros navire. Elle s'assit au second plan, sur une chaise ordinaire.

— Certes, monsieur Poirot, déclara lady West-holme, je serai ravie de vous aider par tous les moyens en mon pouvoir. J'ai toujours considéré que, dans les affaires de ce genre, on a un devoir public à remplir.

Lorsque le « devoir public » de lady Westholme eût tenu la scène durant quelques minutes, Poirot glissa habilement une première question.

— J'ai parfaite souvenance de cet après-midi dont vous parlez, répliqua lady Westholme. Miss Pierce est moi nous nous efforçons de vous éclairer de nos lumières.

— Voulez-vous me rapporter exactement ce qui s'est passé cet après-midi-là ?

— Volontiers, dit lady Westholme. Après le lunch, je décidai de faire une courte sieste. L'excursion de la matinée avait été plutôt accablante. Non pas que je fusse épuisée, cela m'arrive rarement. En réalité, j'ignore la fatigue. Dans les affaires publiques, n'est-ce pas ?

De nouveau, un adroit murmure de la part de Poirot.

— Comme je viens de le dire, reprit lady West-holme, je désirais m'octroyer une sieste. Miss Pierce voulait en faire autant.

— L'excursion de la matinée m'avait mise à bout de forces, dit Miss Pierce. Cette ascension dangereuse, bien qu'intéressante, était trop pour moi. Je ne suis pas aussi vigoureuse que lady Westholme.

— On peut vaincre la fatigue comme tout autre chose, observa lady Westholme. Je me fais une règle de ne jamais m'écouter.

Miss Pierce l'enveloppa d'un regard d'admiration.

— Après le déjeuner, demanda Poirot, toutes deux, mesdames, vous êtes rentrées sous vos tentes ?

— Oui.

— Mrs Boynton était alors assise à l'entrée de sa caverne ?

— Sa belle-fille l'y avait installée avant de partir en promenade.

— Vous pouviez toutes deux voir la vieille dame ?

— Oui, dit Miss Pierce. Elle se trouvait en face de nous, un peu plus haut.

Lady Westholme précisa :

— Les cavernes ouvrent sur une terrasse rocheuse, au pied de laquelle se trouvent des tentes séparées par un petit ruisseau de la tente principale flanquée elle-même d'autres, toutes plus petites. Miss Pierce et moi occupions chacune la nôtre, près de la grande, Miss Pierce, à droite, moi à gauche. L'entrée de nos tentes faisait face à la terrasse, mais à une certaine distance.

— A deux cents mètres, environ, n'est-ce pas ?

— Peut-être.

— J'ai ici un plan dressé avec l'aide du drogman Mahmoud, annonça Poirot.

Lady Westholme observa que le plan devait être inexact.

— Cet individu est un ignare. J'ai vérifié ses déclarations d'après mon Baedeker et plusieurs fois j'ai constaté qu'il se trompait.

— Suivant mon plan, reprit Poirot, la caverne de Mrs Boynton était voisine de celle qu'occupaient son fils Lennox et sa femme. Raymond, Carol et Geneviève Boynton avaient des tentes au-dessous, mais plus à droite, presque en face de la tente principale. A droite de la tente de Geneviève Boynton se trouvait celle du docteur Gérard, ensuite celle de Miss King. De l'autre côté du cours d'eau, à gauche de la tente principale, vous, lady Westholme et Mr Cope aviez les vôtres, tandis que Miss Pierce, comme vous l'avez dit, était à droite de la tente principale. Est-ce exact ?

Lady Westholme, à contrecœur, dut reconnaître que telle était la position de chacun.

— Merci. Voilà un point éclairci. Veuillez continuer, lady Westholme.

La dame considéra Poirot avec un gracieux sourire :

— Vers quatre heures moins le quart, poursuivit-elle, j'allai à la tente de Miss Pierce pour voir si elle était éveillée, car j'éprouvais l'envie de faire une promenade. Elle était assise à l'ouverture de sa tente en train de lire. Nous convînmes de sortir dans une demi-heure, quand le soleil serait moins chaud. Je rentrai dans ma tente et je lus pendant vingt-cinq minutes environ, puis je revins trouver Miss Pierce, qui était prête. Nous nous mîmes en route. Tout le campement semblait endormi ; on ne voyait personne circuler. Apercevant Mrs Boynton, assise toute seule là-haut, je proposai à Miss Pierce de lui demander si elle avait besoin de quelque chose avant notre départ.

— C'est exact. Je vous félicitai de cette charitable intention, murmura Miss Pierce.

— Je ne faisais que mon devoir, observa lady Westholme, très satisfaite d'elle-même.

— Et dire qu'elle vous a si mal accueillie ! s'indigna Miss Pierce.

Poirot jeta à lady Westholme un regard interrogateur.

— Notre sentier, expliqua celle-ci, passait juste au-dessous de la terrasse. Je dis à Mrs Boynton que nous allions faire un petit tour et m'offris de lui rendre un service quelconque avant de m'éloigner. Eh bien ! monsieur Poirot, cette femme m'a répondu par un grognement. Un grognement ! Elle nous a regardées comme si nous étions de la poussière.

— C'en était choquant ! déclara la vieille fille, rougissante.

— Je dois avouer, fit lady Westholme, un peu gênée, que je fis alors une remarque peu chrétienne.

— Vous en aviez parfaitement le droit, étant donné les circonstances, déclara Miss Pierce.

— Quelle remarque avez-vous faite ? demanda Poirot.

— J'ai dit à Miss Pierce que cette femme devait boire. Ses manières, d'ailleurs, étaient des plus bizarres, et je pensais qu'il fallait en accuser la boisson. Les ravages de l'alcool, hélas !...

Poirot aiguilla prestement la conversation sur un autre sujet.

— Mrs Boynton s'était-elle montrée, ce jour-là, plus étrange que de coutume ? Au déjeuner, par exemple.

— Non, fit lady Westholme, réfléchissant. Son attitude avait même été assez normale... du moins pour une Américaine de son genre.

— Elle a malmené un des domestiques, intervint Miss Pierce.

— Quand ?

— Un peu avant notre départ.

— Ah ! oui ! Je m'en souviens. Elle paraissait très irritée contre lui. Evidemment, avoir affaire à des serviteurs qui ne comprennent pas un mot d'anglais, c'est fâcheux, mais en voyage on doit faire des concessions.

— Qui était ce serviteur ? demanda Poirot.

— Un des Bédouins attachés au campement. Elle avait dû l'envoyer faire une commission, et sans doute n'avait-il pas compris. Alors elle s'est fâchée. Le pauvre diable s'est enfui tandis qu'elle le menaçait de sa canne en proférant des injures.

— Que lui a-t-elle dit ?

— Nous étions trop loin pour entendre, je n'ai pas saisi distinctement. Et vous, Miss Pierce ?

— Moi non plus. Je crois qu'elle l'avait prié d'aller prendre quelque objet dans la tente de sa plus jeune fille... Maintenant, peut-être lui reprochait-elle d'être entré sous la tente de sa fille... Je ne pourrais préciser.

— Vous le reconnaîtriez ?

Miss Pierce, à qui s'adressait cette question, hocha la tête.

— Je ne pense pas. Il était trop loin et pour moi tous ces Arabes se ressemblent.

— C'était un homme d'une taille au-dessus de la moyenne, expliqua lady Westholme. Il portait la coiffure des indigènes. Son pantalon était déchiqueté et rapiécé, horrible à voir, et ses bandes molletières étaient mal enroulées. Un brin de discipline ne nuirait pas à tout ce monde-là.

— Parmi le personnel du campement, pourriez-vous l'identifier ?

— J'en doute. Nous n'avons pas vu son visage, nous étions trop loin. En outre, comme vient de le dire Miss Pierce, ces Arabes sont tous semblables.

— Je me demande, dit pensivement Poirot, ce

qu'avait pu faire ce pauvre homme pour s'attirer le courroux de Mrs Boynton.

— Ces domestiques sont parfois exaspérants, déclara lady Westholme. L'un d'eux a enlevé mes chaussures, bien que je lui aie fait comprendre par des gestes et des paroles que je préférais les nettoyer moi-même.

— Moi aussi, je prends toujours cette précaution, annonça Poirot, un moment distrait de son interrogatoire. Partout, j'emporte mon petit nécessaire à chaussures et un chiffon.

— Moi de même, déclara lady Westholme.

— Ces Arabes ne savent pas enlever la poussière.

— Non ! Il faut au moins épousseter trois ou quatre fois dans la journée, observa lady Westholme.

— Surtout dans ce pays, c'est indispensable.

— En ce qui me concerne, je ne puis supporter la saleté, déclara lady Westholme. Les mouches, dans les bazars, quel fléau !

Poirot se reprocha cette légère digression.

— Nous demanderons à cet homme en quoi il a pu irriter Mrs Boynton. Veuillez continuer votre récit.

— Nous nous promenions à pas lents, lorsque nous rencontrâmes le docteur Gérard, reprit lady Westholme. Il avait la démarche chancelante et paraissait souffrant. Tout de suite, je compris qu'il avait la fièvre.

— Il tremblait des pieds à la tête, intervint Miss Pierce.

— Je devinai qu'il allait avoir un accès de paludisme, fit lady Westholme, et, lui offris de l'accompagner au campement pour lui donner de la quinine, mais il me répondit qu'il en avait dans sa trousse.

— Le pauvre ! s'apitoya Miss Pierce. J'éprouve toujours un certain malaise lorsque je vois un médecin malade. C'est tout à fait anormal.

— Nous continuâmes notre promenade, reprit lady Westholme, puis nous nous reposâmes sur un rocher.

Miss Pierce murmura :

— J'étais encore lasse de notre excursion du matin. Cette ascension...

— Je ne connais pas la fatigue, affirma lady Westholme, mais j'estimai inutile d'aller plus loin. De l'endroit où nous étions assises, nous découvrions un panorama splendide.

— Aperceviez-vous toujours le campement ?

— Oui, nous nous trouvions en face des cavernes.

Miss Pierce dit son mot :

— C'était très romantique. Un campement au milieu de ce désert sauvage avec ces rochers d'un rose rouge.

— Ce campement pourrait être mieux administré, protesta lady Westholme, dilatant ses narines de cheval mécanique. Je m'en plaindrai à l'agence de voyage. On ne fait même pas bouillir et filtrer l'eau. Je signalerai aussi cette négligence.

Poirot toussota.

— A ce moment-là, avez-vous remarqué d'autres personnes ?

— Oui. L'aîné des Boynton et sa femme passèrent près de nous. Ils regagnaient le campement.

— Etaient-ils ensemble ?

— Non. Mr Boynton marchait en avant d'un pas hésitant. On eût dit qu'il avait reçu un coup de soleil.

— La nuque ! murmura Miss Pierce. Il faut se protéger la nuque ! Je porte toujours un épais foulard de soie.

— Qu'a fait Mr Lennox Boynton à son retour au campement ? demanda Poirot.

Pour la première fois, Miss Pierce devança lady Westholme.

— Il est allé tout droit vers sa mère, mais n'est pas resté longtemps auprès d'elle.

— Combien de temps ?

— Une minute ou deux.

— Moi, je dirai un peu plus d'un minute, affirma lady Westholme. Ensuite, il est entré dans sa caverne, puis a gagné la tente principale.

— Et sa femme ?

— Elle est arrivée un quart d'heure après lui. Elle

s'est arrêtée une minute pour nous parler... très aimablement.

— Moi je la trouve charmante, dit miss Pierce.

— Elle est certes plus sociable que les autres, concéda lady Westholme.

— Vous l'avez vue rentrer au campement ?

— Oui. Elle est allée dire un mot à sa belle-mère. Ensuite, elle a pris un fauteuil dans sa caverne et s'est assise près de la vieille dame, dix minutes environ.

— Et après ?

— Elle a rentré le fauteuil et a rejoint son mari sous la grande tente.

— Que s'est-il passé ensuite ?

— Ce bizarre Américain est arrivé. Il s'appelle Cope, je crois. Il nous a recommandé de visiter des vestiges d'architectures arabes au tournant de la vallée. Nous nous y sommes donc rendues. Mr Cope avait sur lui un article intéressant sur Pétra et les Nabatéens.

— Un article captivant, confirma Miss Pierce.

Lady Westholme continua :

— Comme il était six heures moins vingt, nous sommes revenues au campement. La température commençait à fraîchir.

— Mrs Boynton était-elle toujours assise au même endroit ?

— Oui.

— Lui avez-vous parlé ?

— Non. Le fait est que je l'ai à peine remarquée.

— Qu'avez-vous fait ensuite ?

— Je suis rentrée sous ma tente, j'ai changé de chausssures et pris mon paquet de thé chinois. Puis je me suis rendue à la grande tente. J'ai prié le drogman de préparer du thé pour Miss Pierce et pour moi en lui recommandant de s'assurer que l'eau soit bouillante. Il me fit observer qu'on allait dîner dans une demi-heure et que déjà on mettait le couvert. Je le priai de nous servir du thé quand même.

— Y avait-il quelqu'un d'autre sous la grande tente ?

— Oui. Mr et Mrs Lennox Boynton étaient assis au bout de la table en train de lire. Carol était également présente.

— Et Mr Cope ?

— Il a pris le thé en notre compagnie tout en nous faisant remarquer que le thé n'était pas une boisson américaine, dit Miss Pierce.

Lady Westholme toussota.

— Je craignais que Mr Cope ne se montrât importun, qu'il ne s'accrochât à moi. En voyage, il est parfois difficile de tenir les gens à distance respectueuse, surtout les Yankees.

D'un ton suave, Poirot murmura :

— Oh ! lady Westholme. Vous n'êtes pas embarrassée en pareille circonstance ! Lorsqu'un compagnon de voyage ne vous sert plus à rien, vous ne devez pas hésiter à le lui faire comprendre.

— En effet, je me tire toujours d'affaire, avoua lady Westholme avec complaisance.

Elle ne remarqua même pas le clignement d'yeux de Poirot.

— Voulez-vous achever le récit de votre journée ?

— Volontiers. Autant que je me souvienne, Raymond Boynton et sa sœur, celle qui a les cheveux roux, arrivèrent peu après. Miss King apparut la dernière. On allait servir le dîner. Le drogman envoya un des garçons prévenir la vieille dame. Il revint en courant, tout agité, avec un de ses camarades et s'adressa en arabe au drogman. Il lui apprit que Miss Boynton était souffrante. Mrs King offrit ses services. Elle sortit accompagnée du drogman et bientôt apporta la nouvelle aux membres de la famille Boynton.

— Elle le fit sans ménagements, observa Miss Pierce. Elle aurait tout de même dû prendre quelques égards.

— Et quelle fut l'attitude des Boynton ? demanda Poirot.

Pour une fois, les deux femmes se trouvèrent prises de court. Lady Westholme annonça enfin, d'une voix à laquelle manquait son assurance habituelle :

— Eh bien !... ma foi... Je ne saurais trop le dire. Ils ont appris la nouvelle sans grande émotion.

— Ils paraissaient plutôt étonnés, dit Miss Pierce, émettant là une opinion tout à fait personnelle.

— Tous sortirent avec Miss King, expliqua lady Westholme. Miss Pierce et moi avons jugé convenable de rester où nous étions.

Poirot observa une certaine gêne dans le regard de la vieille fille.

— J'ai horreur de la curiosité malsaine, continua lady Westholme.

Le malaise de Miss Pierce s'accentua : elle aussi devait, par esprit d'imitation, haïr la « curiosité malsaine ».

— Un peu plus tard, conclut lady Westholme, le drogman et Miss King redescendirent. Je proposai qu'on servît le dîner immédiatement pour nous quatre, afin que la famille Boynton pût prendre son repas plus tard sous la tente principale, sans être importunée par la présence d'étrangers. On se rangea à mon avis et, aussitôt après, je réintégrai ma tente. Miss King et Miss Pierce en firent autant. Mr Cope, si je ne me trompe, resta sous la tente principale : en tant qu'ami de la famille, il crut devoir se mettre à la disposition des Boynton. Voilà tout ce que je sais, monsieur Poirot.

— Lorsque Miss King vint leur apprendre la nouvelle, tous les membres de la famille l'accompagnèrent-ils hors de la tente ?

— Oui... C'est-à-dire, non. A présent que vous en parlez, il me semble que la jeune rousse ne bougea point. Peut-être vous en souvenez-vous, Miss Pierce ?

— En effet, c'est exact. Elle est restée là.

— Alors qu'a-t-elle fait ? s'enquit Poirot.

Lady Westholme le regarda bien en face.

— Ce qu'elle a fait, monsieur Poirot ? Rien, autant que je me le rappelle....

— Je vous demande si elle cousait, ou lisait. Paraissait-elle bouleversée ? Vous a-t-elle parlé ?

Lady Westholme fronça le sourcil.

114

— Si ma mémoire est fidèle, dit-elle après un instant de réflexion, elle resta assise à sa place.

— Elle remuait nerveusement les doigts, dit soudain Miss Pierce. Ce détail m'a frappée. Pauvre petite ! songeai-je, ce qu'elle doit souffrir ! Non pas que son visage trahît son émotion, mais elle tortillait fébrilement ses doigts.

Miss Pierce était lancée. Elle ajouta :

— Un jour, j'ai moi-même déchiré un billet d'une livre de cette façon... sans réfléchir à ce que je faisais. Je venais d'apprendre la maladie soudaine d'une tante que j'aimais beaucoup. « Prendrai-je le premier train pour aller la voir ? » me demandai-je. Et, incapable de me décider, je déchirai mon billet de banque en mille morceaux. Je croyais tenir le télégramme entre mes doigts. C'est seulement en jetant les yeux à terre que je m'aperçus de ma méprise.

Miss Pierce fit une pause théâtrale.

Mécontente de voir son satellite se mettre en vedette, lady Westholme demanda froidement :

— Est-ce tout, monsieur Poirot ?

Sursautant, le détective parut sortir d'une rêverie.

— C'est vrai. Votre déposition est des plus circonstanciées.

— Je suis douée d'une excellente mémoire, déclara lady Westholme, très satisfaite d'elle-même.

— Encore une petite question, lady Westholme. Ne quittez pas la place où vous êtes assise et ne regardez pas autour de vous. Soyez assez aimable de me décrire exactement la toilette que porte Miss Pierce, si du moins elle n'y voit pas d'inconvénient.

— Oh ! Pas le moins du monde ! gazouilla la demoiselle.

— Monsieur Poirot, vous l'exigez vraiment ?

— Je vous en prie, faites ce que je vous demande, madame.

Lady Westholme haussa les épaules et débita, avec mauvaise grâce :

— Miss Pierce a une robe de coton blanc à rayures brunes, une ceinture soudanaise de cuir bleu et rouge, des bas de soie beiges et des souliers à lanières en chevreau glacé jaunes. Il y a une échelle à son bas gauche. Elle porte un collier de cornaline, un autre en perles bleues brillantes et aussi une broche ornée d'un papillon en nacre. Au troisième doigt de la main droite, elle a une bague avec imitation de scarabée. Sur la tête, elle porte un chapeau à double calotte en feutre marron et rose.

Elle fit une pause très étudiée. Puis :

— Cette fois, est-ce bien tout ?

Poirot étendit les mains dans un large geste.

— Madame, je dépose à vos pieds le tribut de mon admiration. Vous possédez un don d'observation exceptionnel.

— Les détails m'échappent rarement.

Lady Westholme se leva, inclina légèrement la tête et quitta la pièce. Comme Miss Pierce se disposait à la suivre, le regard tristement baissé vers le bas démaillé, Poirot la retint.

— Un petit instant, je vous prie, mademoiselle.

— Bien, monsieur.

Miss Pierce leva les yeux, un soupçon de crainte sur ses traits. Poirot s'inclina et lui dit d'un ton confidentiel :

— Voyez-vous ce bouquet de fleurs des champs sur la table ?

— Oui, fit Miss Pierce, regardant devant elle.

— Avez-vous remarqué qu'à votre arrivée dans cette pièce j'ai éternué une ou deux fois ?

— Oui.

— Avez-vous également remarqué que je venais de sentir ces fleurs ?

— En réalité, je ne saurais le dire.

— Mais vous vous souvenez de m'avoir entendu éternuer ?

— Oui, je m'en souviens.

— Je me demandais si ces fleurs pouvaient donner le rhume des foins.

— Le rhume des foins ! observa Miss Pierce. Une de mes cousines en a souffert comme une martyre. Le meilleur moyen de s'en débarrasser, d'après elle, consiste à se baigner les narines quotidiennement avec de l'eau boriquée.

Poirot remercia, puis reconduisit Miss Pierce. Il referma la porte et revint au milieu de la pièce, le sourcil levé.

— Je n'ai pourtant pas éternué le moins du monde, murmura-t-il. A présent, je suis fixé.

CHAPITRE VI

DÉPOSITION DE LENNOX BOYNTON

D'un pas alerte et résolu, Lennox Boynton entra dans la pièce. Eût-il été présent, le docteur Gérard aurait été surpris du changement survenu chez le jeune homme. Son apathie avait disparu. Son allure était décidée, bien qu'il fût visiblement nerveux. Il promena un regard rapide autour de lui.

— Bonjour, monsieur Boynton, lui dit Poirot, se levant et lui adressant un salut cérémonieux.

Poirot ajouta :

— Je vous remercie d'avoir répondu à votre appel.

Lennox déclara, sans grande conviction :

— Le colonel Carbury m'a vivement recommandé de... venir remplir cette formalité.

— Veuillez vous asseoir, monsieur Boynton.

Lennox s'installa dans le fauteuil précédemment occupé par lady Westholme.

Poirot continua, d'un ton naturel.

— La mort subite de madame votre mère a dû vous bouleverser ?

— Cela va de soi. Mais peut-être pas autant que vous le croyez. Nous nous y attendions. Notre mère souffrait du cœur.

— Etait-il prudent, en pareilles circonstances, de

lui laisser entreprendre un voyage aussi fatigant ?

Lennox Boynton leva la tête et répondit, avec une tristesse digne :

— Ma mère, monsieur Poirot, en avait décidé elle-même. Ses résolutions avaient toujours un caractère définitif.

Ayant prononcé ces dernières paroles, il aspira l'air profondément et son visage pâlit soudain.

— Je sais, reconnut Poirot, que les vieilles dames sont parfois obstinées.

Lennox s'irrita :

— A quoi rime tout ceci ? Je voudrais bien le savoir. Pourquoi toutes ces histoires ?

— Peut-être ignorez-vous, monsieur Boynton, qu'on doit procéder à une enquête en cas de mort subite douteuse ?

— Qu'entendez-vous par ce mot : « douteuse » ?

Poirot haussa les épaules.

— Il faut toujours se poser cette question : « La mort est-elle naturelle, ou s'agit-il d'un suicide ? »

— Un suicide ?

Lennox écarquilla les yeux, tandis que Poirot continuait :

— Vous êtes naturellement le mieux placé pour savoir à quoi s'en tenir là-dessus. Le colonel Carbury, lui, est dans le doute. Il lui appartient donc d'ordonner une enquête, une autopsie... et le reste. Comme je me trouvais sur place et que j'ai une certaine compétence en ces matières, il m'a confié l'enquête et attend mon rapport. Bien sûr, il ne désire pas vous causer d'ennuis, si possible.

Lennox protesta violemment :

— Je vais télégraphier à notre consul à Jérusalem !

— Je ne vous en conteste pas le droit, dit Poirot sans se compromettre.

Après un silence, Poirot reprit, les doigts écartés.

— Si vous voyez quelque inconvénient à répondre à mes questions...

— Pas du tout ! Mais elles me paraissent si inutiles !

— Il ne s'agit que d'une simple routine qui ne

saurait vous froisser. L'après-midi de la mort de votre mère, vous avez quitté le campement de Pétra pour aller faire une promenade, n'est-ce pas, monsieur Boynton ?

— Oui. Nous sommes tous sortis, excepté ma mère et ma jeune sœur.

— Votre mère était alors assise à l'entrée de sa caverne ?

— Oui, juste devant l'ouverture, comme chaque après-midi.

— Bien. Vous êtes partis... quand ?

— Peu après trois heures.

— Et quand êtes-vous revenus ?

— Je ne pourrais préciser. Quatre heures, peut-être cinq.

— Environ une heure ou deux après votre départ ?

— C'est cela.

— Avez-vous rencontré quelqu'un en revenant ?

— Plaît-il ?

— Avezvous rencontré quelqu'un, par exemple, deux dames assises sur un rocher ?

— Je ne sais pas. Peut-être...

— Vous étiez sans doute trop absorbé par vos réflexions pour les remarquer ?

— Oui.

— Avez-vous parlé à votre mère à votre retour au campement ?

— Oui.

— Ne s'est-elle pas plainte d'être malade ?

— Non. Elle paraissait très bien.

— Puis-je vous demander ce qui s'est passé exactement entre vous deux ?

Lennox hésita quelques secondes :

— Elle s'étonna de me voir revenir si tôt. Je lui ai expliqué qu'il faisait trop chaud. Elle m'a demandé l'heure... Sa montre-bracelet s'était arrêtée. Je la lui ai enlevée, l'ai remontée, mise à l'heure et replacée à son poignet.

Poirot l'interrompit d'une voix encourageante :

— Et quelle heure était-il ?

— Hein ?

— Quelle heure était-il lorsque vous avez remis la montre de votre mère à l'heure ?

— Il... il était cinq heures moins vingt-cinq.

— Ainsi donc, vous savez exactement l'heure de votre retour au campement.

Lennox rougit.

— Que je suis donc stupide ! Excusez-moi, monsieur Poirot, j'ai, je crois, l'esprit à l'envers. Tous ces ennuis...

Poirot se mit à l'unisson :

— Oh ! Je vous comprend parfaitement ! Un tel malheur vous bouleverse ! Et qu'est-il arrivé ensuite ?

— J'ai demandé à ma mère si elle avait besoin de quelque chose... Une boisson... du thé, du café... Elle me répondit que non. Alors, je me rendis sous la grande tente. Aucun des serviteurs ne s'y trouvait et je me servis un peu de limonade, que je bus. J'avais soif. Je restai là pour lire quelques vieux numéros du *Saturday Evening Post*. Ensuite, je me suis assoupi.

— Votre femme est-elle venue vous rejoindre sous la grande tente ?

— Oui, peu après.

— Et vous n'avez plus revu votre mère vivante ?

— Non.

— Ne vous a-t-elle point paru agitée lorsque vous lui avez parlé ?

— Non, je la trouvai comme à l'ordinaire.

— Elle ne vous a pas fait part de tracas que lui aurait causés un des serviteurs ?

— Non, pas du tout.

— Et c'est tout ce que vous pouvez me dire ?

— Je le crois.

— Merci, monsieur Boynton.

Poirot inclina la tête pour signifier que l'entrevue était terminée.

Lennox, qui ne semblait pas décidé à s'en aller, s'attardait à la porte.

— C'est bien tout ? demanda-t-il.

— Oui. Veuillez toutefois prier votre femme de venir me voir.

Lennox s'éloigna d'un pas lent. Sur le bloc-notes à côté de lui, Poirot inscrivit :
L. B. 4.35.

CHAPITRE VII

LA DÉPOSITION DE NADINE

Poirot considéra d'un œil intéressé la svelte jeune femme qui entra dans la pièce. Il se leva et la salua poliment.

— Madame Lennox Boynton ? Hercule Poirot, pour vous servir.

Nadine Boynton s'assit. Ses yeux pensifs se posèrent sur le visage de Poirot.

— J'espère, madame, que vous me pardonnerez de vous importuner ainsi dans votre chagrin ?

La jeune femme baissa les yeux. Elle ne répondit pas tout de suite. Enfin, poussant un soupir, elle dit :

— Je crois, monsieur Poirot, que je ferais mieux d'être franche avec vous.

— Je vous approuve, madame.

— Vous venez de vous excuser de faire intrusion dans mon chagrin. Ce chagrin, monsieur Poirot, n'existe point et il serait malséant, de ma part, de prétendre le contraire. Je n'éprouvais aucune affection pour ma belle-mère et, en toute honnêteté, je ne saurais dire que je regrette sa mort.

— Merci, madame, pour votre franc-parler.

Nadine continua :

— Cependant, si je ne ressens aucune peine, j'éprouve un autre sentiment : du remords.

— Du remords ? répéta Hercule Poirot, les sourcils levés.

— Oui. Parce que je suis la cause de sa mort. Je me le reproche amèrement.

— Que dites-vous-là, madame ?

— Je dis que je suis responsable de la mort de ma belle-mère. Je croyais agir loyalement, mais le résultat fut désastreux. En un mot, je l'ai tuée.

Poirot se renversa sur le dossier de son fauteuil.

— Seriez-vous assez aimable de me donner quelques précisions, madame ?

Nadine baissa la tête.

— Je ne demande pas mieux. Mon premier mouvement était de garder mon secret pour moi seule, mais je m'aperçois que le moment est venu d'avouer la vérité. Je suis certaine, monsieur, qu'il vous est parfois arrivé de recevoir des confidences très intimes ?

— Certes !

— Je vais donc vous expliquer exactement ce qui s'est passé. Ma vie conjugale, monsieur Poirot, n'a pas été des plus heureuses. Mon mari n'a pas tous les torts. L'influence de sa mère sur lui était funeste. Depuis quelque temps, je menais près de lui une existence intolérable.

Après un silence, elle poursuivit :

— L'après-midi de la mort de ma belle-mère, je pris une résolution. J'ai un ami, un excellent ami, qui plus d'une fois m'a offert de partager son sort. Cet après-midi-là, j'acceptai sa proposition.

— Vous aviez décidé de quitter votre mari ?

— Oui.

— Continuez, madame.

Nadine murmura :

— Ma résolution prise, je rentrai seule au campement. Ma belle-mère se trouvait seule. Je lui annonçai la nouvelle sans aucun ménagement.

— En fut-elle surprise ?

— Je crois lui avoir produit une forte émotion. Elle se montra à la fois stupéfaite et furieuse. Si bien que, refusant de discuter davantage, je me levai et m'en allai.

Sa voix devint un murmure :

— Je... je ne l'ai pas revue vivante.

Poirot hocha lentement la tête :

— Et vous croyez que la nouvelle que vous lui avez apportée a provoqué sa mort ?

— J'en suis presque certaine. Le voyage l'avait épuisée. La nouvelle que je lui annonçais et sa colère ont fait le reste. Je me sens d'autant plus coupable que je connais un peu le traitement des maladies de cœur, et, plus que tout autre, j'aurais dû éviter de lui causer cette émotion fatale.

— Qu'avez-vous fait après l'avoir quittée ?

— Je rapportai ma chaise dans ma caverne, puis je descendis à la tente où se trouvait mon mari.

Poirot étudia le visage de la jeune femme.

— Lui avez-vous fait part de votre décision ou la connaissait-il déjà ?

Nadine hésita une seconde :

— C'est à ce moment-là que je lui en ai parlé.

— Comment a-t-il pris la chose ?

— Il en fut atterré.

— Vous a-t-il pressée de revenir sur votre décision ?

Elle hocha la tête.

— Il n'insista pas outre mesure. Depuis longtemps déjà nous savions que cela arriverait.

— Excusez-moi, dit Poirot. Mais... l'autre ? C'est bien Mr Jefferson Cope ?

Elle inclina la tête.

— Oui.

Il y eut une pause, puis, d'un même ton, Poirot demanda :

— Possédez-vous une seringue hypodermique, madame ?

— Oui... Je veux dire, non.

Poirot leva les sourcils. Nadine s'expliqua :

— C'est-à-dire que j'ai dans ma trousse de médecine, entre autres instruments, une vieille seringue hypodermique, mais elle se trouve dans les malles que nous avons laissées à Jérusalem.

— Je comprends.

— Pourquoi cette question, monsieur Poirot ?

Au lieu de répondre, le détective belge demanda :

— Mrs Boynton prenait, paraît-il, un médicament contenant de la digitaline ?

— Oui.

« Attention ! songeait Poirot, elle se tient à présent sur ses gardes. »

— Prenait-elle ce remède pour son cœur ?

— Oui.

— La digitaline est, jusqu'à un certain point, un remède concentré, n'est-ce pas ?

— Je le crois, sans toutefois pouvoir l'affirmer.

— Si Mrs Boynton avait absorbé une trop forte dose de digitaline...

Elle l'interrompit d'un ton ferme :

— Impossible Elle faisait toujours attention. Moi de même, lorsque je lui mesurais la dose.

— Peut-être ce flacon était-il plus concentré ? Le pharmacien a pu commettre une erreur.

— C'est peu probable, répondit vivement Nadine.

— L'analyse le démontrera bientôt.

— Malheureusement, le flacon est cassé.

Poirot la regarda, interloqué.

— Hein ? Qui l'a cassé ?

— Je n'en sais rien. Sans doute un des domestiques. Lorsqu'on a transporté le corps de ma belle-mère dans sa caverne, il s'est produit une grande confusion et la lumière était très faible. On a renversé une table.

Poirot la considéra un long moment.

— Très intéressant, dit-il.

Nadine Boynton s'agita, mal à l'aise, dans son fauteuil.

— Vous insinuez que ma belle-mère n'est pas morte d'une commotion, mais plutôt d'une dose excessive de digitaline ? Cela m'étonnerait fort.

Poirot se pencha en avant.

— Même si je vous disais que le docteur Gérard, le médecin français qui est resté dans le campement, a constaté dans sa trousse la disparition d'une quantité appréciable d'une préparation de digitoxine ?

Nadine pâlit. Poirot vit sa main se crisper sur le bord de la table. Elle baissa les paupières et demeura immobile. On eût dit une madone de pierre.

— Eh bien ! madame, qu'avez-vous à dire ?

Les secondes s'écoulaient. Nadine restait muette. Enfin, elle leva la tête. Poirot sursauta légèrement lorsqu'il vit l'expression des yeux de la jeune femme.

— Monsieur Poirot, je n'ai pas tué ma belle-mère ! Vous le savez parfaitement ! Elle était vivante lorsque je l'ai quittée. Plusieurs témoins peuvent l'affirmer. Innocente, je me permets de vous demander pourquoi vous vous mêlez de cette affaire ? Si je vous jure sur mon honneur que ce qui est arrivé n'est que justice, continuerez-vous à poursuivre cette enquête ? Ce que cette femme a pu faire souffrir autour d'elle, vous n'en avez pas idée ! Maintenant que s'entrouve pour nous une perspective de bonheur paisible, allez-vous, de propos délibéré, la détruire ?

Poirot se redressa, une flamme dans les yeux.

— Parlons clairement, madame. Que me demandez-vous de faire ?

— Je vous répète que ma belle-mère a succombé à une mort naturelle et je vous demande d'accepter cette déclaration.

— Soyons logiques. Vous croyez que votre belle-mère a été tuée et vous me demandez d'absoudre le crime !

— Je vous demande un peu de pitié !

— Pour quelqu'un qui, lui, n'en a pas eu !

— Vous ne comprenez pas. Il ne s'agit pas de cela !

— Vous avez donc commis ce crime, madame, pour en savoir si long ?

Nadine hocha la tête, sans se troubler.

— Non, répondit-elle avec calme. Elle était bien vivante lorsque je l'ai quittée.

— Alors, qu'est-il arrivé ? Vous savez... ou vous suspectez ?

— J'ai entendu dire, monsieur Poirot, que, dans le crime de l'Orient-Express, grâce à vous, l'enquête s'est terminée par un non-lieu.

Poirot la regarda d'un œil curieux.

— Qui vous a dit cela ?

— Est-ce vrai ?

— Oui, mais, le cas est... différent.

— Non, il n'est pas différent ! La victime était un être malfaisant... Ma belle-mère...

Poirot l'interrompit :

— La moralité de la victime ne change rien à l'affaire ! Quiconque s'arroge le droit de faire justice en supprimant la vie d'un de ses semblables est dangereux pour la société. C'est moi qui vous le dis, moi, Hercule Poirot !

— Vous êtes impitoyable !

— Inflexible, madame ! Jamais je ne pardonne l'assassinat ! Voilà le dernier mot d'Hercule Poirot !

Nadine se leva. Dans ses yeux noirs, une lueur de colère brilla.

— C'est bien, continuez ! Je n'ai rien d'autre à dire.

— Je crois, au contraire, madame, que vous avez beaucoup à nous apprendre...

— Non, rien de plus.

— Mais si ! Que s'est-il passé, madame, après que vous avez eu quitté votre belle-mère ? Tandis que vous et votre mari vous vous trouviez ensemble sous la grande tente ?

Elle haussa les épaules.

— Comment le saurais-je ?

— Vous le savez parfaitement... ou bien vous le soupçonnez.

Elle planta son regard dans celui du détective.

— Je ne sais rien, monsieur Poirot.

Puis, tournant les talons, elle quitta la pièce.

CHAPITRE VIII

LA DÉPOSITION DE CAROL

Après avoir inscrit sur son bloc-notes : *N.B. 4.40*, Poirot ouvrit la porte et appela l'ordonnance que le colonel Carbury avait mise à sa disposition : un homme débrouillard, parlant couramment l'anglais. Il le pria d'aller chercher Miss Carol Boynton.

Le détective étudia la jeune fille comme elle entrait dans la pièce. Il remarqua sa chevelure marron, son port de tête, son cou mince et long, la nervosité de ses mains fines et élégantes.

— Asseyez-vous, mademoiselle.

Elle obéit. Son visage était exsangue, ses traits impassibles.

Poirot commença par l'assurer de sa sympathie, formalité que la jeune fille accueillit sans aucun changement d'expression dans sa physionomie.

— Maintenant, mademoiselle, dit-il ensuite, voulez-vous me raconter comment vous avez passé l'après-midi de ce jour-là ?

Elle répondit sans hésitation, laissant deviner qu'elle avait déjà appris sa leçon.

— Après déjeuner, nous sommes tous sortis pour faire un petit tour. Je rentrai au campement...

— Une minute, interrompit Poirot. Etes-vous restés tous ensemble jusqu'à ce moment-là ?

— Non. J'ai été avec mon frère Raymond et Miss King la plupart du temps, puis je les ai quittés pour aller de mon côté.

— Merci. Vous me disiez donc que vous êtes rentrée au campement. Vers quelle heure approximativement ?

— Vers cinq heures dix.

— Et alors ?

— Ma mère était toujours assise à l'endroit où nous l'avions intallée. Je montai lui parler, puis je retournai à ma tente.

— Vous souvenez-vous exactement de ce qui s'est passé entre elle et vous ?

— Je lui ai dit qu'il faisait très chaud et que j'allais descendre me reposer. Ma mère manifesta l'intention de demeurer où elle se trouvait. C'est tout.

— Rien dans son attitude ne vous a frappée ?

— Non. Du moins...

Hésitante, elle se tut, les yeux fixés sur Poirot.

— Ce n'est pas moi qui vais vous fournir la réponse, dit Poirot, très calme. Poursuivez, je vous prie...

Rougissante, elle détourna le regard.

— Je réfléchissais. A ce moment-là, je n'avais pas remarqué. mais à présent...

— A présent ?

— C'est vrai. Elle avait un teint bizarre. Son visage était très rouge, plus rouge que d'ordinaire.

— Peut-être avait-elle éprouvé une émotion quelconque ? suggéra Poirot.

— Une émotion ?

— Oui, elle avait peut-être eu des démêlés avec un des domestiques arabes ?

Le visage de la jeune fille s'éclaira.

— C'est possible, en effet.

— Elle ne vous a rien dit à ce sujet ?

— Non... Rien du tout !

— Et ensuite, qu'avez-vous fait, mademoiselle ?

— Je me suis rendue à ma tente, où je suis restée allongée environ une demi-heure. Après, je suis descendue à la tente principale, où mon frère et sa femme étaient en train de lire.

— Et alors ?

— J'ai cousu un peu, puis j'ai lu un magazine.

— En allant à la grande tente, avez-vous adressé la parole à votre mère ?

— Non, je n'ai même pas tourné les yeux de son côté.

— Et après ?

— Je suis restée là, jusqu'à ce que Miss King vînt nous annoncer la mort de ma mère.

— C'est tout ce que vous savez, mademoiselle ?

— Oui.

Poirot se pencha en avant et ajouta du même ton naturel :

— Et quelles furent vos impressions ?

— Mes impressions ?

— Oui, quand vous avez appris que votre mère... pardon, votre belle-mère, n'est-ce pas ? était morte ?

Carol écarquilla les yeux.

— Je ne sais pas.

— Vous me comprenez très bien.

Elle baissa les yeux et répondit sans conviction :

— Ce fut... un rude coup.

— Vraiment ?

Le sang afflua aux joues de la jeune fille. Décontenancée, elle regarda Poirot. Le détective lisait la crainte dans ses yeux.

— Le coup, mademoiselle, était-il aussi rude que vous le prétendez ? Vous souvenez-vous d'une certaine conversation que vous avez eue avec votre frère Raymond, un soir, à Jérusalem ?

Il venait de frapper juste. Il s'en rendit compte à la pâleur subite de son interlocutrice.

— Vous savez donc ? murmura-t-elle.

— Je sais.

— Mais comment ?

— On a surpris une partie de votre conversation.

Carol enfouit son visage dans ses mains. Ses sanglots faisaient trembler la table.

Après une longue minute, Poirot reprit doucement :

— Vous complotiez ensemble la mort de votre belle-mère.

Carol sanglota de plus belle.

— Nous étions fous !

— Peut-être !

— Vous ne sauriez comprendre notre état d'esprit.

Se redressant et relevant les cheveux sur son front, elle dit, d'un ton plus ferme :

— Nous nous en rendions moins compte en Amérique, mais en voyage nous avons pu comparer.

— Comparer quoi ?

— Notre sort avec celui des autres. Nous étions désespérés et pensions surtout à Jinny.

— Jinny ?

— Ma sœur. Vous ne l'avez pas vue. Elle commençait à perdre la tête. Et mère aggravait encore sa maladie, sans s'en apercevoir. Ray et moi, nous avions peur de voir Jinny devenir tout à fait folle. Nous devinions que Nadine partageait nos appréhensions et, comme ma belle-sœur a été infirmière, nos craintes s'en étaient accrues.

— Continuez, je vous prie...

— Ce soir-là, à Jérusalem, les choses atteignirent leur paroxysme. Ray perdait son sang-froid. Lui et moi, nous nous sommes monté la tête. Mère... mère ne jouissait pas de toute sa raison. Je ne sais ce que vous en pensez, mais, en certains cas, il semble juste et même noble de tuer son prochain.

Poirot hocha la tête.

— Ou, bien des gens l'ont cru ; l'histoire le prouve.

— Tels étaient nos sentiments à Ray et à moi, ce soir-là. Mais nous n'avons pas mis notre projet à exécution. Dès le lendemain matin, il nous a paru absurde et mélodramatique... Et aussi immoral. En vérité, monsieur Poirot, mère est morte naturellement d'une crise cardiaque. Ray et moi, nous n'y sommes pour rien.

Poirot lui dit, très calme :

— Pouvez-vous me jurer, mademoiselle, que Mrs Boynton n'est pas morte de votre fait ?

Elle leva la tête et parla d'un ton net :

— Je jure que je n'ai jamais fait de mal à ma belle-mère.

— Bien, dit Poirot, se renversant dans son fauteuil.

Il y eut un silence. Pensif, Poirot caressait sa superbe moustache.

— Quel était exactement votre plan ? demanda-t-il brusquement.

— Mon plan ?

— Oui. Vous et votre frère deviez avoir formé un plan ?

Mentalement, il compta les secondes qui s'écoulèrent avant que lui vînt la réponse : une, deux, trois.

— Nous n'avions pas de plan, répondit enfin Carol. Nous n'avions pas poussé les choses si loin.

Hercule Poirot se leva.

— C'est tout, mademoiselle. Voulez-vous avoir l'obligeance de m'envoyer votre frère ?

A son tour, Carol quitta son siège. Un long moment elle demeura indécise.

— Monsieur Poirot, me... croyez-vous ?

— Ai-je dit une seule fois que je mettais en doute vos paroles ?

— Non, mais...

— Voulez-vous prier votre frère de venir me voir ?

— Oui.

Lentement, elle se dirigea vers la porte. Elle s'arrêta sur le seuil et se retourna vivement.

— Je vous ai dit la vérité. Je vous l'assure.

Hercule Poirot ne répondit point.

Carol Boynton quitta la pièce.

CHAPITRE IX

LA DÉPOSITION DE RAYMOND

Dès que Raymond pénétra dans la pièce, Poirot remarqua la ressemblance entre le frère et la sœur.

Le visage impassible, le jeune homme ne trahissait ni peur, ni nervosité. Il s'assit dans un fauteuil, regarda durement Poirot et dit :

— Eh bien ?

— Votre sœur vous a-t-elle parlé ? demanda Poirot d'une voix douce.

Raymond répondit d'un mouvement de tête.

— Oui, dit-il ensuite. Elle m'a dit de venir vous voir. Bien entendu, je me rends compte de la légitimité de vos soupçons. Si notre conversation a été surprise par vous ce soir-là, la mort subite de ma belle-mère doit vous paraître suspecte. Je puis seulement vous assurer que nos paroles étaient dues à un accès de démence. Nous étions dans une tension d'esprit intolérable. Ce projet fantastique de supprimer ma belle-mère fut pour nous... comment m'exprimer ?... comme une soupape... et nous soulagea.

Hercule Poirot baissa lentement la tête.

— C'est très possible.

— Le lendemain matin, tout cela nous sembla plutôt... absurde. Je vous jure, monsieur Poirot, que jamais cette idée ne revint nous troubler.

Comme Poirot se taisait, Raymond poursuivit :

— Je ne m'attends pas à ce que vous me croyiez sur parole. Cependant, veuillez considérer les faits. J'ai parlé à ma mère un peu avant six heures. A ce moment-là, elle était bien vivante. Je me rendis à ma tente, pris une douche et rejoignis les autres sous la tente principale. Dès lors, ni Carol ni moi n'avons bougé de notre place. Nous étions en vue de tout le monde. Mère a succombé à une attaque d'apoplexie... Voilà la vérité ! Il y avait partout des serviteurs qui allaient et venaient. Tout autre hypothèse est absurde.

Poirot lui dit alors, en pesant ses mots :

— Savez-vous, monsieur Boynton, que Miss King, qui a examiné le corps à six heures et demie, croit que la mort s'est produite au moins une heure et demie et peut-être deux heures plus tôt ?

Stupéfait, Raymond regarda fixement le détective.

— Sarah vous a dit cela ? soupira-t-il.

Poirot acquiesça.

— Qu'avez-vous à répondre ?

— Mais... c'est impossible !

— C'est pourtant là le témoignage de Miss King. Or, vous me dites que votre mère était bien vivante quarante minutes seulement avant que Miss King examinât le corps.

— Je le dis et c'est la vérité !

— Prenez garde, monsieur Boynton !

— Sarah doit faire erreur ! Elle a dû négliger un facteur quelconque. La réverbération du rocher... enfin quelque chose. Je puis vous certifier ceci, monsieur : ma mère vivait encore avant six heures et je lui ai parlé.

Le visage de Poirot demeura impassible.

Raymond se pencha en avant.

— Monsieur Poirot, je comprends que tout cela doive vous sembler étrange. Mais considérez les événements sans parti pris. Je sais que c'est beaucoup demander à un homme vivant par profession dans l'atmosphère du crime. Toute mort subite lui paraît suspecte ! Il finit par perdre la notion des réalités. Pourtant, tous les jours, des gens meurent subitement, surtout parmi les cardiaques, et il n'y a là rien de suspect !

Poirot poussa un soupir.

— Alors, maintenant, c'est vous qui allez m'apprendre mon métier ?

Raymond protesta.

— Je n'y songe pas, mais je crains que vous n'ayez contre nous quelque préjugé à cause de cette malheureuse conversation. Rien dans le décès de ma mère n'éveillerait votre méfiance si vous n'aviez surpris cet entretien entre Carol et moi.

— Vous vous trompez, dit Poirot. Il y a autre chose : le poison soustrait de la trousse du docteur Gérard.

— Du poison ? répéta Raymond, ouvrant des yeux stupéfaits. Selon vous, on aurait empoisonné ma mère ?

Poirot, après une pause, reprit d'un ton détaché :

— Vous aviez un plan tout différent, hein ?

— Notre plan ? C'était...

Il s'interrompit, le regard méfiant.

— Je ne crois pas devoir en dire davantage.

Il se leva.

— Comme il vous plaira, fit Poirot.

Le détective suivit des yeux le jeune homme qui s'éloigna.

Il prit son bloc-notes et inscrivit de sa petite écriture nette :

R. B. 5.55.

Puis, prenant une grande feuille blanche, il se mit à écrire.

Sa tâche terminée il se renversa dans son fauteuil la tête penchée, et contempla son travail :

Les Boynton et Jefferson Cope quittent le campement .... environ 3.5
Le docteur Gérard et Sarah King quittent le campement .... environ 3.15
Lady Westholme et Miss Pierce quittent le campement .... environ 4.15

CHAPITRE X

FAITS SIGNIFICATIFS

— Mystère ! conclut Poirot, pliant la liste qu'il venait d'établir.

Il soupira, se dirigea vers la porte et fit appeler Mahmoud.

Des lèvres du ventripotent et loquace drogman, les mots coulaient à flots.

— Constamment, on m'adresse des reproches. Si la moindre chose arrive, c'est toujours ma faute. Quand lady Ellen Hunt s'est fait une entorse en descendant de la place du Sacrifice, c'était ma faute, mais elle portait des talons hauts malgré ses soixante ans ! Ma vie est une longue suite d'infortunes. Ah ! que de malheurs et d'iniquités les Juifs nous causent...

Poirot réussit à contenir l'inondation et l'homme en vint au fait.

— Cinq heures et demie, dites-vous ? Non, je ne crois pas qu'aucun des serviteurs se trouvait là à ce moment. On avait déjeuné en retard, à deux heures.

Ensuite, il a fallu débarrasser la table. Après le lunch, sieste tout l'après-midi. Les Américains ne prennent pas le thé. A trois heures et demie, tout le personnel se reposait. A cinq heures, moi, qui veille à tout et qui dois m'occuper du confort de tout le monde, je suis sorti, sachant que les dames anglaises voudraient prendre du thé. Mais aucune d'entre elles ne se trouvait au campement. Elles étaient sorties. Pour moi, tout allait bien... Mieux que d'ordinaire, en somme. Je suis retourné dormir. A six heures moins le quart, les ennuis commencent. La grande dame anglaise, qui est une très grande dame, revient et commande du thé, au moment où les garçons mettent déjà le couvert pour le dîner. Elle fait la comédie, dit que l'eau doit bouillir et que j'y fasse attention. Ah ! mes bons messieurs ! Quelle existence ! Quelle existence ! Je fais de mon mieux et on trouve toujours à redire.

Poirot coupa court à ces doléances.

— Encore une petite chose. La morte s'est disputée avec un des garçons. Savez-vous lequel ? De quoi se plaignait Mrs Boynton ?

Mahmoud leva les mains au ciel.

— Comment le savoir ? Impossible ! Elle ne s'est pas plainte à moi.

— Pourriez-vous vous renseigner là-dessus ?

— Non, mon bon monsieur, impossible ! Aucun des garçons ne dira la vérité. La vieille dame s'est mise en colère, dites-vous ? Il va de soi que les garçons n'avoueront rien. Abdul accusera Mohammed. Mohammed accusera Aziz, Aziz accusera Aissa, et ainsi de suite. Ces stupides Bédouins ne veulent rien comprendre.

Il respira profondément et continua :

— Moi, j'ai l'avantage d'avoir été instruit à la Mission. Je vous récite par cœur des vers de Keats... Shelley... *Iadadoveandasweedovevied*...

Poirot sourcilla. Bien que l'anglais ne fût pas sa langue maternelle, il le connaissait suffisamment pour souffrir de l'étrange déclamation de Mahmoud.

— Superbe ! s'exclama Poirot. Superbe ! Je vous recommanderai à tous mes amis.

S'étant débarrassé de l'éloquent drogman, il porta sa liste au colonel Carbury, qui l'attendait dans son bureau.

Le vieil officier rectifia sa cravate qui, comme toujours, était de travers.

— Y a-t-il du nouveau ? demanda-t-il.

Poirot s'assit.

— Voulez-vous connaître une de mes théories ?

— Je vous écoute, répondit le colonel Carbury en poussant un soupir.

Il avait, au cours de sa longue expérience, entendu tant de théories !

— Voici : la criminologie est la science la plus facile du monde ! Il suffit de laisser parler le criminel. Tôt ou tard il racontera tout.

— Vous avez déjà exprimé semblable opinion. Qui vous a fait des aveux ?

Aussi brièvement que possible, Poirot lui répéta les interrogatoires de la matinée.

— Hum ! fit Carbury. Vous avez, en effet, recueilli quelques indices. Dommage qu'ils semblent aller dans des directions opposées. Soupçonnez-vous quelqu'un. Voilà ce qui importe !

— Non.

— Le contraire m'eût étonné, soupira de nouveau le colonel.

— Mais avant ce soir, assura Poirot, vous connaîtrez la vérité.

— Cette promesse, vous me l'avez déjà faite. Cette fois, est-ce bien sûr ?

— Tout à fait.

— Je voudrais bien partager votre optimisme.

Le colonel eut un clignement d'œil presque imperceptible, que Poirot feignit de ne point remarquer. Il tira la liste de sa poche.

— C'est très clair, approuva Carbury, examinant le papier.

Au bout d'un moment, il demanda :

— Savez-vous ce que je pense ?

— Je serais heureux de l'apprendre, répondit Poirot.

— Il faut écarter le jeune Raymond Boynton.

— Vous croyez ?

— Oui. Dans tous les romans policiers, on doit systématiquement tenir pour innocente la personne sur qui pèsent le plus de soupçons. Puisque vous l'avez entendu menacer de faire disparaître la vieille dame, il s'ensuit que ce n'est pas lui le coupable.

— Vous lisez des romans policiers ?

— J'en ai lu des milliers, avoua le colonel Carbury. Ne pourriez-vous, suivant l'exemple des détectives classiques, dresser une liste des faits, au premier coup d'œil insignifiants mais qui, en réalité, présentent une portée considérable ?

— Ah ! fit Poirot, vous goûtez ce genre de romans policiers ? Je vais donc vous donner entière satisfaction.

Il tira vers lui une feuille de papier et, d'une écriture rapide et nette, inscrivit ce qui suit :

FAITS SIGNIFICATIFS

1. Mrs Boynton prend un médicament contenant de la digitaline.
2. Le docteur Gérard constate la disparition d'une seringue hypodermique.
3. Mrs Boynton empêche ses enfants de rechercher la société d'autres personnes.
4. Cet après-midi-là, Mrs Boynton encourage ses enfants à sortir et à la laisser seule.
5. Il y a chez Mrs Boynton un certain sadisme.
6. La distance, entre la grande tente et l'endroit où Mrs Boynton est assise, est d'environ deux cents mètres.
7. Mr Lennox Boynton prétend d'abord ignorer l'heure de son retour au campement, puis, plus tard, avoue avoir mis à l'heure la montre-bracelet de sa mère.
8. Le docteur Gérard et Miss Geneviève Boynton occupent deux tentes voisines l'une de l'autre.
9. A six heures et demie, le dîner étant prêt, un domestique est envoyé prévenir Mrs Boynton.

Le colonel parcourut ce petit travail, l'air satisfait.

— Magnifique ! s'exclama-t-il. Exactement ce qu'il fallait. Vous compliquez les choses à dessein. On ne fait pas mieux dans le genre. Permettez-moi, cependant, de vous signaler une ou deux omissions. Sans doute les avez-vous commises avec intention... pour faire parler les nigauds ?

Poirot clignota légèrement des yeux, mais ne répondit point.

— Le numéro 2, par exemple, dit le colonel Carbury : *Le docteur Gérard constate la disparition d'une seringue hypodermique.* Oui, mais il lui manquait aussi une solution concentrée de digitaline... ou quelque chose de semblable.

— Ce dernier point, dit Poirot, n'est pas aussi important que l'absence de la seringue.

— Splendide ! s'écria le colonel, le visage épanoui. Je n'y comprends rien. J'aurais cru la disparition de la digitaline plus importante que celle de la seringue. Et que vient faire cette histoire de domestique ? Un domestique va lui annoncer que le dîner est prêt. Un autre est menacé par la vieille d'un coup de canne l'après-midi. Vous n'allez pas me raconter qu'un de ces pauvres bougres l'a tuée ? Parce que ce ne serait pas de jeu.

Poirot se contenta de sourire.

En quittant le bureau du colonel, il songeait en lui-même : « Ces Anglais seront toujours de grands enfants ! »

CHAPITRE XI

SUR LA COLLINE

Sarah King, au sommet d'une colline, cueillait distraitement des fleurs sauvages. Près d'elle, le docteur Gérard était assis sur un petit mur de pierres.

Tout à coup, la jeune fille demanda à son compagnon :

— Quelle idée vous a prise de mettre cette affaire en branle ? Sans vous...

— Selon vous, j'aurais dû me taire ?

— Oui.

— Alors que je savais ?

— Vous ne saviez rien.

— Si, je savais ! Mais on n'est jamais absolument sûr.

— Pourquoi pas ? dit Sarah, sans se compromettre.

— Vous vous croyez donc infaillible, mademoiselle ?

— Vous aviez de la fièvre. Vous n'aviez pas les idées nettes. La seringue n'avait sans doute pas bougé de place. Vous pouvez avoir commis une erreur au sujet de la digitoxine. Un des domestiques peut fort bien avoir fouillé dans votre trousse...

Cynique, Gérard lui dit :

— Rassurez-vous ! On concluera sans doute par un non-lieu. Vos amis Boynton s'en tireront.

— Ce n'est pas ce que je désire, répliqua Sarah, farouche.

— Vous êtes illogique !

— Ce qui m'amuse, c'est qu'à Jérusalem, vous me conseilliez de ne jamais me mêler des affaires d'autrui ? Voyez ce que vous avez fait !

— Ne m'accusez pas d'indiscrétion ! Je n'ai fait que dire ce que je savais.

— Et je prétends que vous n'êtes sûr de rien. Nous y revoilà ! Nous tournons dans un cercle vicieux.

— Excusez-moi, Miss King.

— Après tout, déclara Sarah d'une voix grave, les Boynton n'échapperont jamais à l'influence de leur mère. Elle est toujours là. De sa tombe, elle les tient sous sa domination. Même morte, elle demeure redoutable. J'ai l'impression qu'elle doit ricaner de ce qui se passe.

Elle ajouta, plus calme.

— Tiens ! Voilà le petit homme qui monte la colline.

Le docteur Gérard tourna la tête.

— Il vient sans doute nous chercher.

— Est-il aussi stupide qu'il en a l'air ? demanda Sarah.

— Il n'a rien d'un imbécile. Détrompez-vous, répondit Gérard.

— C'est bien ce que je craignais.

Une flamme sombre dans les yeux, elle regarda Hercule Poirot qui approchait.

Arrivé près d'eux, il poussa un « ouf » et s'épongea le front. Puis il baissa tristement les yeux sur ses souliers vernis.

— Quel pays caillouteux ! Mes pauvres bottines !

— Vous pourrez emprunter le nécessaire à chaussures et les chiffons de lady Westholme, dit Sarah, moqueuse. Elle emporte en voyage tout un attirail de femme de chambre.

— Cela ne fera pas disparaître les éraflures, mademoiselle, répondit Poirot, hochant la tête, d'un air désabusé.

— Evidemment. Mais aussi, pourquoi portez-vous de pareilles chaussures ici ?

Hercule Poirot pencha légèrement la tête.

— Je veux avoir l'air soigné, mademoiselle.

— A votre place, je renoncerais à ces prétentions vestimentaires, en ce pays, lui dit Sarah.

— Les femmes ne font pas assez de toilette dans le désert, observa le docteur Gérard d'un ton rêveur. A l'exception de Miss King, toujours élégante et bien pomponnée. Mais cette lady Westholme dans son grand manteau, avec sa culotte de cheval et ses bottes, quelle horreur de femme ! Quant à Miss Pierce, ses robes sont fanées comme de vieilles feuilles de choux et elle se déplace avec tout un cliquetis de chaînes et de colliers. Même la jeune Mrs Boynton, une belle femme pourtant, n'a aucun chic : ses costumes sont quelconques !

Agacée, Sarah protesta :

140

— M. Poirot s'est-il donné la peine de grimper jusqu'ici pour parler toilette ?

— Nullement. Je viens consulter le docteur Gérard. Son opinion peut m'être précieuse, ainsi que la vôtre, mademoiselle. Vous êtes jeune et tout à fait avertie des choses de la psychologie. Je désire savoir tout ce que vous pouvez m'apprendre sur le compte de Mrs Boynton.

— Vous devez connaître tout cela par cœur maintenant !

— Pas du tout. J'ai l'impression, même la certitude, que la mentalité de Mrs Boynton a joué dans l'affaire un rôle important. Le docteur Gérard a dû rencontrer dans sa carrière des malades de son genre.

— Oui et je voyais en elle un cas intéressant.

— Eh bien, je vous écoute !

Sans se faire prier davantage, le docteur Gérard parla de la curiosité qu'avait éveillée en lui la famille Boynton, mentionna son entretien avec Jefferson Cope et l'idée erronée de celui-ci sur la situation.

— Alors, c'est un sentimental, fit Poirot.

— Oh ! entièrement. Il est optimiste par paresse d'esprit. Envisager seulement les meilleurs côtés de la nature humaine et considérer le monde comme un paradis, rien de plus commode ! Jefferson Cope manque de jugement.

— Ce défaut peut être dangereux, dit Poirot.

Le docteur Gérard continua :

— Il persiste à considérer ce que j'appelle « le cas Boynton » comme un témoignage de dévouement excessif de la part de la mère. Mais il n'a pas la moindre notion de ce qui se cache là-dessous de haine, de révolte, d'esclavage et de souffrance.

— C'est stupide, déclara Poirot.

— L'optimisme le plus béat et le plus obtus ne saurait résister à certains faits. Je crois que le voyage à Pétra a tout de même déssillé les yeux de Jefferson Cope.

Il répéta la conversation qu'il avait eue avec l'Américain le matin de la mort de Mrs Boynton.

— Cette histoire de la domestique congédiée ne

manque pas d'intérêt, dit Poirot, pensif. Elle éclaire d'un jour particulier le caractère de la vieille femme.

— Cette matinée fut des plus étranges, poursuivit le médecin. Vous ne connaissez pas encore Pétra, monsieur Poirot. Si vous y allez, il vous faudra certainement grimper la montagne du Sacrifice. Cet endroit dégage... comment dire ?... une curieuse atmosphère.

Après avoir décrit la scène en détail, il ajouta :

— Mademoiselle, ici présente, parlait comme un jeune juge du sacrifice d'un seul pour le salut de tous. Vous vous en souvenez, Miss King ?

Sarah eut un geste d'humeur.

— Je vous en prie ! Ne parlons plus de cette journée-là !

— Vous avez raison, fit Poirot. Parlons d'événements qui remontent plus loin dans le passé. Docteur Gérard, le portrait moral que vous me tracez de Mrs Boynton m'intéresse au plus haut point. Ce qui passe mon entendement, c'est le fait qu'ayant réduit sa famille en esclavage, elle ait organisé ce voyage à l'étranger, où des contacts avec l'extérieur risquaient d'affaiblir son autorité.

— Voilà précisément, expliqua le médecin, ce qui s'est passé. Les vieilles dames se ressemblent toutes. Elles s'ennuient à mourir. Si leur distraction se borne à faire des patiences, elles se lassent de celles qu'elles connaissent trop bien et désirent en apprendre de nouvelles. Il en va de même pour une vieille femme dont l'unique plaisir, si incroyable que cela paraisse, consiste à tyranniser ses semblables. Mrs Boynton, qu'on pourrait qualifier de dompteuse, avait dressé ses tigres. Elle y goûtait quelque joie alors qu'ils n'étaient encore que des adolescents. Le mariage de Lennox avec Nadine fut, au foyer, un événement. Puis tout retomba dans le calme plat. Lennox est tellement enlisé dans la mélancolie qu'il est pour ainsi dire impossible de le sortir de sa torpeur. Quant à Raymond et Carol, ils ne montrent aucune velléité de rébellion. Geneviève, la pauvre enfant, offre peu de résistance aux persécutions maternelles.

Geneviève a trouvé un moyen de se libérer : s'élevant au-dessus des réalités, elle se lance dans la fantaisie. Plus sa mère la tourmente, plus elle éprouve de joie secrète à se prendre pour une héroïne persécutée. Tout cela est devenu vraiment insipide pour Mrs Boynton. Comme Alexandre, elle cherche d'autres mondes à conquérir et décide ce voyage à l'étranger. Là, ses animaux apprivoisés découvriront de nouvelles occasions de révolte et, elle, l'occasion d'infliger d'autres souffrances. Cela semble absurde, n'est-ce pas ? C'est pourtant vrai. Il lui fallait des émotions différentes.

Poirot poussa un profond soupir.

— Votre raisonnement paraît clair. Je comprends votre façon de voir. La maman Boynton a voulu vivre dangereusement et elle a été punie.

Sarah se pencha en avant... écoutant avec attention. Son pâle visage prit une soudaine expression de gravité.

— Autrement dit, fit-elle, elle est allée trop loin et ses victimes se sont retournées contre elle... Du moins, l'une d'elles ?

Poirot inclina le chef.

— Laquelle ? demanda Sarah, dissimulant mal son émotion.

Poirot, qui remarquait les mains de la jeune fille crispées sur le bouquet de fleurs des champs, n'eut pas la peine de répondre, car à ce moment Gérard lui touchait l'épaule :

— Regardez !

Une jeune fille se promenait au flanc de la colline. Elle marchait avec une grâce étrange qui lui conférait un charme irréel. L'or rouge de ses cheveux brillait au soleil et un sourire mystérieux soulevait les coins de sa bouche vermeille.

— Qu'elle est jolie ! s'écria Poirot. Quelle légèreté dans les gestes ! Voilà comme je me représente Ophélie ! Une jeune déesse tombée d'un autre monde, heureuse d'échapper à la servitude des joies et des douleurs humaines.

— C'est bien cela, dit Gérard. Son visage vous

fait rêver, il a même hanté mon sommeil. Dans ma fièvre, j'ai vu les traits de la jeune nymphe au sourire céleste. Le rêve était charmant...

Puis revenant à la réalité, le médecin annonça :

— Je vous présente Geneviève Boynton.

CHAPITRE XII

OPHÉLIE

La minute d'après, Geneviève arrivait auprès d'eux. Le docteur Gérard fit les présentations.

— Miss Boynton, M. Hercule Poirot.

La jeune fille adressa au détective un regard vague, joignit les mains et se tordit les doigts d'un air gêné. Le charme était brisé : la nymphe redescendait sur terre. Ce n'était plus qu'une adolescente gauche, un peu nerveuse et embarrassée.

— J'ai bien de la chance de vous rencontrer ici, mademoiselle. J'ai vainement essayé de vous voir à l'hôtel.

— Vraiment ?

Elle souriait et ses doigts tiraient sur la boucle de sa ceinture.

— Voulez-vous que nous fassions un petit tour ensemble, mademoiselle ?

Elle le suivit docilement. Bientôt elle lui demanda, d'une voix bizarre :

— Vous êtes... vous êtes un policier, n'est-ce pas ?

— Oui, mademoiselle.

— Un policier très connu ?

— Le plus grand détective du monde, répondit Poirot comme s'il énonçait une vérité évidente. Ni plus ni moins.

Geneviève Boynton soupira :

— Et vous êtes ici pour me protéger ?

Pensif, Poirot tortilla sa moustache.

— Seriez-vous en danger, mademoiselle ?

Elle jeta autour d'elle un regard méfiant avant de répondre.

— Oui. J'en ai touché un mot au docteur Gérard à Jérusalem. Il est très intelligent. A ce moment-là, il m'a suivi à cet endroit horrible plein de rochers rouges. Ils voulaient me tuer là. Sans cesse j'ai dû me tenir sur mes gardes.

Poirot, plein d'indulgence, approuva d'un signe de tête.

Geneviève Boynton reprit :

— Il est aimable et bon. Il est amoureux de moi !

— Ah !

— Mais certainement ! Il a prononcé mon nom dans son sommeil.

Ses traits s'adoucirent et de nouveau son visage rayonna d'une beauté réelle. Elle poursuivit.

— Je l'ai vu étendu sur sa couche, se retournant. Il a prononcé mon nom. Je me suis sauvée sans faire de bruit. Je pensais qu'il vous avait fait appeler. Je suis entourée d'ennemis qui parfois se déguisent.

— Oui, dit Poirot d'une voix douce. Mais vous êtes en sûreté ici, au milieu de votre famille.

Elle se redressa fièrement.

— Ce n'est pas ma famille. Ils ne me sont rien. Je ne puis vous révéler qui je suis réellement. C'est un grand secret. Vous seriez surpris si je vous le dévoilais.

— La mort de votre mère vous a-t-elle causé beaucoup de chagrin ?

Elle frappa du pied.

— Je vous répète que ce n'était pas ma mère ! Mes ennemis la payaient pour qu'elle prétendît être ma mère et m'empêchât de m'échapper.

— Où vous trouviez-vous l'après-midi de sa mort ?

— Sous la tente... Il y faisait chaud, mais je n'osais sortir. Ils auraient pu m'enlever. L'un d'eux a jeté un coup d'œil dans ma tente. Il était déguisé, mais je l'ai reconnu. Je faisais semblant de dormir. Le Scheik l'avait envoyé pour me ravir.

Pendant quelques instants, Poirot marcha en silence, puis il dit :

— Ces histoires que vous vous racontez à vous-même sont extrêmement jolies.

Elle s'arrêta pour le regarder.

— Mais elles sont vraies... Toutes !

De nouveau, elle frappa du pied.

— Pour le moins ingénieuses, murmura Poirot.

Elle s'écria :

— Elles sont vraies !

Puis, furieuse, elle se détourna et descendit la colline en courant.

Poirot la regarda s'éloigner. Au bout d'un instant, il entendit une voix derrière lui.

— Que lui avez-vous dit ?

Poirot se tourna vers le docteur Gérard un peu essoufflé. D'un pas lent, Sarah les rejoignit.

— Je lui ai dit qu'elle imaginait pour elle-même de jolies histoires.

Le médecin hocha la tête.

— Et elle s'est fâchée ! C'est bon signe. Cela démontre qu'elle n'est pas encore arrivée au stade de la folie. Elle se rend compte que ce n'est pas la vérité. Je la guérirai.

— Vous avez entrepris de la guérir ?

— Oui. J'en ai parlé à la jeune Mrs Boynton et à son mari. Geneviève viendra à Paris et sera soignée dans une de mes cliniques. Ensuite, elle apprendra le métier de comédienne.

— De comédienne ?

— Oui. Elle a des chances d'y obtenir un succès foudroyant. Et voilà justement ce qu'il lui faut. Sur plusieurs points, elle a le même tempérament que sa mère.

— Non ! protesta Sarah, indignée.

— Cela vous semble incroyable, mais certains traits essentiels de leur nature sont identiques. Comme feu sa mère, elle a le goût inné de paraître, d'imposer sa personnalité. Cette pauvre enfant a été contrariée et frustrée dans tous ses désirs. Ses ambitions, son amour de la vie et l'expression de sa vive et romanesque personnalité n'ont trouvé aucun exutoire. Nous allons changer tout cela !

Esquissant un salut, il s'excusa et courut pour rattraper Geneviève Boynton.

— Le docteur prend sa tâche au sérieux, observa Sarah.

— En effet, fit Poirot.

— Cependant, je lui reproche d'établir une comparaison entre cette horrible femme et Geneviève. Bien que, une fois, je me sois laissée apitoyer sur le sort de Mrs Boynton.

— Quand cela, mademoiselle ?

— Le jour de mon départ de Jérusalem. Je vous en ai déjà parlé. J'ai eu l'impression de m'être totalement trompée sur son compte. Vous connaissez ce sentiment qu'on ressent parfois lorsqu'on voit les choses d'un point de vue erroné. Prise à mon propre piège, je suis allée parler à la vieille dame et me suis rendue ridicule.

— Vous exagérez, mademoiselle.

Sarah rougit comme chaque fois qu'elle évoquait ce souvenir humiliant.

— Je me croyais chargée d'une mission spirituelle, reprit-elle. Plus tard, lorsque lady Westholme me regarda de son œil trouble et me dit qu'elle m'avait vu parler à Mrs Boynton, je crus qu'elle avait surpris mes paroles et je me sentis d'autant plus stupide.

— Que vous a donc dit Mrs Boynton ? Vous rappelez-vous exactement ses paroles ?

— Je crois bien ! Elles m'ont produit une telle impression ! *Je n'oublie jamais*, voilà ce qu'elle m'a dit. *Rappelez-vous que je n'oublie jamais ! Pas un acte, pas un nom, pas un visage.* Elle a prononcé cette phrase avec tant de méchanceté, tant de fiel, sans même me regarder. Il me semble encore l'entendre.

— Elle vous a tant impressionnée ? insista doucement Poirot.

— Oui. Je ne suis pas peureuse, mais parfois, en rêve, je l'entends encore répéter ces mots et je vois son visage ricaneur et son air de triomphe ! Pouah !

Elle frissonna de dégoût.

Soudain, elle se tourna vers Poirot.

— Monsieur Poirot, pardonnez mon indiscrétion, mais êtes-vous arrivé à une conclusion au sujet de cette affaire ? Avez-vous découvert quelque chose ?

— Oui.

Il vit les lèvres de Sarah trembler lorsqu'elle demanda :

— Quoi ?

— Maintenant je sais à qui parlait Raymond Boynton ce soir-là, à Jérusalem. C'était à sa sœur Carol.

— L'avez-vous dit à Raymond ?... Lui avez-vous demandé...

Elle ne put achever sa phrase. Les mots s'arrêtaient dans sa gorge. Poirot la considéra d'un œil grave et compatissant.

— Cela a donc tant d'importance à vos yeux, mademoiselle ?

— Pour moi, c'est toute la vie ! Je veux absolument savoir la vérité.

— Eh bien, dit Poirot, sachez qu'il m'a avoué qu'il s'agissait d'un accès de démence. Sa sœur et lui étaient à bout de patience ! Il a ajouté que, le lendemain matin, cette idée leur était apparue fantastique.

— Je comprends...

— Mademoiselle Sarah, pourriez-vous m'expliquer la raison de vos craintes ?

Sarah tourna vers Poirot un visage blême où se lisait un profond désespoir.

— L'après-midi de la mort de Mrs Boynton, nous nous trouvions ensemble. Il me quitta soudain en m'annonçant... qu'il voulait accomplir un acte tout de suite, alors qu'il s'en sentait encore le courage. Je pensais qu'il voulait simplement lui... lui dire... Mais, supposez qu'il ait eu l'intention...

Sa voix s'éteignit. Sarah, toute forte qu'elle fût, sentait ses nerfs lui manquer.

CHAPITRE XIII

UN AMOUREUX DISCRET

Nadine Boynton sortait de l'hôtel. Comme elle restait hésitante sur le seuil, un homme qui attendait, s'avança vers elle.

Mr Jefferson Cope demanda alors à la dame de ses pensées :

— Si nous allions de ce côté ? Ce chemin me semble le plus agréable.

Nadine acquiesça.

Ils se mirent en route et Mr Cope prit la parole. Les phrases lui venaient facilement aux lèvres et il les débitait d'une voix monotone. Il se rendait peut-être compte que Nadine ne l'écoutait pas.

Tandis qu'ils s'engageaient sur un sentier au flanc de la colline, Nadine l'interrompit.

— Ecoutez, Jefferson. Il faut que je vous parle sérieusement.

— Je vous écoute, ma chérie. Mais, de grâce, ne vous tourmentez pas pour moi.

— Vous êtes plus subtil que je pensais, dit-elle. Vous avez deviné ce que je vais vous dire, n'est-ce pas ?

Il soupira.

— C'est vrai, les circonstances ont changé, et je comprends que vous reveniez sur vos décisions. Suivez votre voie sans vous soucier de ma personne.

— Vous êtes bon, Jefferson, déclara-t-elle tout émue. Je vous ai traité durement et je me suis montrée indigne de vous.

— Voyons, Nadine, soyons justes. J'ai toujours su jusqu'où allaient mes droits en ce qui vous concerne. Depuis que je vous connais, vous m'avez inspiré affection et respect. Je ne désire que votre bonheur. De vous sentir malheureuse, je devenais presque fou, et plus d'une fois j'ai blâmé Lennox. Il ne méritait pas de vous garder près de lui puisqu'il faisait si peu de cas de votre félicité !

Mr Cope prit le temps de respirer, puis continua :

— Maintenant, je reconnais, après ce voyage à Pétra, que Lennox n'était pas aussi coupable que je me l'imaginais. Ses fautes envers vous provenaient surtout d'une trop grande soumission aux volontés de sa mère. Sans vouloir médire des morts, je crois, cependant, que votre belle-mère était une femme de caractère extrêmement difficile.

— Vous pouvez le dire ! s'écria Nadine.

— Quoi qu'il en soit, continua Mr Cope, vous m'avez annoncé hier votre intention de quitter Lennox. Je vous ai approuvée. Vous meniez une existence pitoyable. Vous avez toujours été franche envers moi, et vous ne m'avez jamais témoigné que des sentiments affectueux dont je me contentais. Mon unique désir était de pouvoir vous protéger et vous traiter selon votre mérite. J'ajouterai que cet après-midi-là fut un des moments les plus beaux de ma vie.

Nadine murmura :

— Pardonnez-moi !

— Qu'aurais-je à vous pardonner ? J'ai eu l'impression de vivre un rêve. Tout le temps, je m'attendais à ce que vous changiez d'idée le lendemain matin. Maintenant, la situation est nouvelle. Vous et Lennox pouvez vivre parfaitement heureux ensemble.

Nadine lui dit, très calme :

— C'est vrai. Je ne pourrais quitter Lennox. Veuillez me pardonner.

— Je vous en prie, Nadine, nous resterons toujours de bons amis comme par le passé. Oublions...

Doucement, Nadine posa sa main sur le bras de son compagnon.

— Mon cher Jefferson, je vous remercie. Je vais retrouver mon mari.

Elle s'éloigna, laissant Mr Cope à ses réflexions.

Nadine trouva Lennox assis tout en haut du théâtre gréco-romain. Il était si absorbé dans ses tristes pensées qu'il ne l'entendit pas avant qu'elle vînt s'asseoir, haletante, à son côté.

— Lennox !

— Nadine !

Il se tourna à demi.

— Jusqu'ici, lui dit-elle, nous n'avons guère eu l'occasion de nous expliquer. Mais tu as bien deviné, n'est-ce pas, que je ne vais plus te quitter ?

— Avais-tu réellement l'intention de m'abandonner, Nadine ?

— Oui. Comprends-moi ! C'était la seule issue. J'espérais... que tu me suivrais. Pauvre Jefferson, que j'ai été cruelle envers lui !

Lennox eut un sourire sarcastique.

— Non, tu n'as pas été cruelle. Un soupirant aussi chevaleresque que Cope mérite qu'on rende hommage à ses nobles sentiments. Lorsque tu m'as appris que tu partais avec lui, tu m'as stupéfait. Il est vrai que, depuis quelque temps, je commençais à perdre la notion des choses. A présent, je me demande pourquoi je n'ai pas planté là ma mère pour m'enfuir avec toi, lorsque tu me l'as demandé.

— Tu ne pouvais pas, mon chéri.

Rêveur, Lennox lui dit :

— Ma mère avait un caractère impossible. J'ai l'impression qu'elle nous avait tous hypnotisés.

— C'est vrai.

Après un silence, Lennox reprit :

— Lorsque tu m'as annoncé ta résolution, j'ai cru devenir fou. Je suis rentré, assommé par cette nouvelle, et me suis rendu compte de ma sottise. J'ai compris qu'il ne me restait qu'un parti à prendre si je ne voulais pas te perdre.

Nadine se cabra et la voix de son mari résonna sinistre à ses oreilles.

— Je suis allé...

— Je t'en prie...

Il lui lança un vif coup d'œil.

— Je suis allé discuter avec elle, continua-t-il d'une voix naturelle. Je lui ai dit qu'il me fallait

choisir entre elle et toi... et que je préférais m'en
aller avec toi.

Puis, il ajouta avec orgueil :
— Oui, je lui ai dit cela !

CHAPITRE XIV

LA SERINGUE

En rentrant à son hôtel, Poirot rencontra deux
personnes.

D'abord, Mr Jefferson Cope.
— Vous êtes bien, n'est-ce pas, monsieur Hercule
Poirot ? Permettez-moi de me présenter : Jefferson
Cope.

Les deux hommes échangèrent une poignée de
main cérémonieuse. Puis, réglant son pas sur celui
de Poirot, Mr Cope s'expliqua :
— Je viens d'apprendre que vous faites une enquête sur la mort de ma vieille amie, Mrs Boynton.
C'est une bien triste fin. Remarquez toutefois que
la vieille dame n'aurait jamais dû entreprendre un
voyage aussi fatigant, mais elle était obstinée, monsieur Poirot. Ses enfants n'auraient pu l'en dissuader.
Mrs Boynton était une sorte de tyran domestique et
depuis trop longtemps elle n'en faisait qu'à sa tête.
Il fallait que tout le monde se pliât à ses caprices.
Telle est la vérité, monsieur.

Il fit une pause.
— Monsieur Poirot, je voudrais simplement vous
dire que je suis un vieil ami de la famille Boynton.
Naturellement, ils sont tous bouleversés par ce décès.
Aussi, s'il y a des formalités à remplir pour les obsè-
ques, le transport du corps à Jérusalem, etc., je
tiens à leur épargner tous les ennuis possibles. Veuillez faire appel à moi en cas de besoin.

152

— Je suis certain que vos amis apprécieront votre geste, dit Poirot. Vous êtes, n'est-ce pas, un grand ami de la jeune Mrs Boynton ?

Mr Jefferson Cope devint rose.

— Parlons d'autre chose, si vous le voulez bien, monsieur Poirot. Je sais que vous avez eu ce matin une conversation avec Mrs Lennox Boynton au cours de laquelle elle a pu faire allusion à la profonde amitié qui nous lie, mais tout cela appartient au passé. Mrs Boynton est une femme admirable et comprend que son devoir la retient près de son mari, cruellement frappé par la mort de sa mère.

Il y eut un silence. Poirot accueillit ce renseignement d'un petit hochement de tête, puis murmura :

— Le colonel Carbury désire savoir exactement ce qui s'est passé, l'après-midi de la mort de Mrs Boynton. Pouvez-vous m'éclairer là-dessus ?

— Très volontiers ! Après déjeuner, nous fîmes une courte sieste et partîmes en promenade. Nous réussîmes à sortir sans cet infect drogman. Cet homme devient fou dès qu'il parle des Juifs. Comme je vous le disais, nous nous éloignâmes du campement et, à ce moment-là, j'eus un entretien avec Nadine. Ensuite, elle désira se trouver seule avec son mari pour discuter. Je m'en allai de mon côté vers le campement. A mi-chemin, je rencontrai les deux dames anglaises qui avaient fait une excursion le matin. L'une d'elles est une pairesse, ce me semble ?

Poirot acquiesça. L'Américain reprit :

— C'est une femme fort intelligente et extrêmement bien renseignée. L'autre ne lui arrive pas à la cheville. Elle paraissait morte de fatigue. Je fournis à ces dames quelques renseignements concernant ls Nabatéens. Après un petit tour, nous regagnâmes le campement vers six heures. Lady Westholme insista pour prendre le thé et j'eus le plaisir d'en boire une tasse en sa compagnie. Le thé était faible, mais bon. Puis, les garçons mirent le couvert pour le dîner et envoyèrent un des leurs prevenir Mrs Boynton. L'homme la trouva morte dans son fauteuil.

— En rentrant, avez-vous regardé du côté de Mrs Boynton ?

— J'ai simplement noté sa présence, au passage. Elle s'est tenue là tout l'après-midi jusqu'au dîner et sa vue n'éveilla pas spécialement mon attention. A ce moment-là, j'expliquais à Lady Westholme les causes de la récente baisse des prix en Amérique. Et il me fallait en outre surveiller Miss Pierce qui, à tout instant, risquait de se faire une entorse.

— Merci, monsieur Cope. Pardonnez mon indiscrétion ! Mrs Boynton laisse-t-elle une fortune considérable ?

— Oui, très considérable. A vrai dire, cette fortune ne lui appartenait pas en propre. Elle en touchait les intérêts. A sa mort, l'argent doit revenir aux enfants de feu Elmer Boynton. Tous seront extrêmement riches.

— L'argent est à l'origine de bien des malheurs ! Que de crimes ont été commis à cause de lui !

Mr Cope sembla surpris de cette sentence.

— Vous avez peut-être raison, admit-il.

Poirot sourit et murmura :

— Mais le meurtre implique tant de mobiles, n'est-ce pas ? Encore une fois merci, monsieur Cope, de votre amabilité.

— Il n'y a pas de quoi, monsieur Poirot. N'est-ce pas Miss King que je vois assise là-bas ? Je cours lui dire un petit mot.

Poirot continua de descendre la colline et rencontra en chemin Miss Pierce qui montait.

Elle le salua :

— Monsieur Poirot ! Que je suis heureuse de vous voir ici ! Je viens de parler à cette étrange jeune fille. La petite Boynton, vous savez ? Elle disait des choses extravagantes. Elle parlait d'ennemis, d'un Scheik qui voulait l'enlever et d'espions qui l'entourent. Quel esprit romanesque ! Lady Westholme appelle cela de la sottise et raconte qu'elle a eu autrefois une cuisinère qui mentait de cette façon. Lady Westholme se montre parfois un peu sévère. Après tout, il y a peut-être quelque vérité là-dessous, monsieur

Poirot. Voilà plusieurs années, j'ai lu quelque part qu'une fille de tsar n'a pas été tuée pendant la Révolution et s'est réfugiée secrètement en Amérique. C'était, il me semble, la grande duchesse Tatiana. Cette enfant serait-elle sa fille ? Elle prétend être de descendance royale et elle en a tout l'air. Ses pommettes trahissent une origine slave. Quel drame passionnant !

Miss Pierce paraissait émue. Poirot déclara, sentencieux :

— Il se passe d'étranges choses en ce bas monde !

— Ce matin, je n'ai pas bien compris qui vous étiez, dit Miss Pierce, joignant les mains. Evidemment, c'est vous le fameux détective. J'ai lu tous les détails des crimes d'A. B. C. A cette époque, j'étais gouvernante, non loin de Doncaster.

Poirot murmura quelques mots et Miss Pierce continua, de plus en plus agitée :

— J'ai peut-être eu tort ce matin On devrait tout avouer, n'est-ce pas ? Même les moindres détails qui paraissent étrangers à l'affaire. Si on vous a chargé de l'enquête, c'est que la pauvre Mrs Boynton a dû être victime d'un meurtre. Je le vois, à présent. Ce M. Mahmoud — je ne me souviens jamais de son nom — enfin, le drogman, ne serait-il pas un agent de l'étranger ? Ou peut-être Miss King ? Je me méfie des jeunes filles bien élevées et de bonne famille. Souvent elles appartiennent à ces horribles organisations révolutionnaires. Voilà pourquoi je me demandais si je devais tout vous dire.

— A présent, ordonna Poirot, n'hésitez plus.

— Oh ! ce n'est pas grand-chose ! Le lendemain de la mort de Mrs Boynton, levée de bonne heure, je regardais par l'ouverture de ma tente les effets du soleil, qui s'était levé depuis une heure environ. C'était bien tôt...

— Et qu'avez-vous vu ?

— Une chose assez curieuse qui, sur le moment, ne me frappa point outre mesure. La jeune Boynton sortit de sa tente et lança dans le ruisseau un objet qui brilla au soleil.

— Laquelle des Boynton était-ce ?

— Carol, si je ne me trompe. Une jolie jeune fille ressemblant extraordinairement à son frère... On dirait deux jumeaux. Je n'affirme rien, car c'est peut-être bien la plus jeune... Le soleil me gênait et je ne distinguais pas très bien. Je ne crois pas que ses cheveux étaient roux ! Simplement bronzés. J'aime les cheveux cuivrés ! Les cheveux rouges me rappellent trop la couleur des carottes.

— Vous dites qu'elle a jeté dans l'eau un objet brillant ?

— Oui, et, je le répète, je n'y attachai aucune importance sur le moment. Plus tard, en me promenant sur la berge, je vis Miss King. Parmi tout un tas de choses hétéroclites, j'aperçus une petite boîte en métal brillant, une petite boîte rectangulaire... J'ai pensé que ce devait être l'objet lancé dans le cours d'eau par la petite Boynton et par curiosité, je l'ai ramassé. A l'intérieur, je vis une seringue, comme celle avec laquelle on m'a vaccinée. Elle n'était pas cassée et je jugeai ridicule de s'en débarrasser de la sorte. A ce moment, Miss King m'adressa la parole. Je ne l'avais pas entendu venir. Elle me dit : Oh ! merci bien ! C'est ma seringue hypodermique. Je la cherchais ! » Je la lui remis et elle regagna le campement.

Après un silence, Miss Pierce reprit vivement :

— J'espère qu'il n'y a rien d'anormal là-dessous, mais il me parut bizarre que Carol Boynton ait lancé la seringue de Miss King. Il y a peut-être une explication à tout cela.

Son regard interrogeait Poirot.

— Merci, mademoiselle, lui dit-il d'un ton grave. Ce que vous venez de m'apprendre n'est peut-être pas très important en soi-même. Sachez toutefois que cela complète mes renseignements. A présent, tout me devient clair.

Miss Pierce rougit de plaisir, comme un enfant. Poirot l'accompagna jusqu'à l'hôtel.

De retour dans sa chambre, le détective belge ajouta une ligne à son mémorandum. N° 10 — *Rap-*

pelez-vous que je n'oublie jamais ! Pas un acte, pas un nom, pas un visage !...

Mais oui, tout devenait clair !

CHAPITRE XV

LES DEUX SERINGUES

— Tout est prêt, constata Hercule Poirot.

Avec un léger soupir, il recula d'un pas et admira la disposition effectuée suivant ses ordres dans une des chambres innocupées de l'hôtel.

Le colonel Carbury, négligemment appuyé sur le lit qu'on avait poussé contre le mur, souriait en tirant des bouffées de sa pipe.

— Vous êtes un drôle de bonhomme, Poirot. Vous dramatisez les choses à plaisir.

— Possible, acquiesça l'interpellé, mais ce n'est pas simple fantaisie de ma part. Pour jouer la comédie, il convient de préparer la mise en scène.

— Alors, c'est une comédie?

— Et, même s'il s'agissait d'un drame, faut-il négliger le décor ?

Le colonel Carbury l'observa d'un œil curieux.

— Comme il vous plaira, dit-il enfin. Je ne sais où vous voulez en venir, mais vous devez avoir une idée en tête.

— J'aurai l'honneur de vous présenter ce que vous attendez de moi : la vérité.

— Alors, vous allez nous offrir le coupable ?

— Je ne vous ai jamais promis pareille chose.

— Je le reconnais.

— Mes arguments sont plutôt d'ordre psychologique, dit Poirot

— Je m'y attendais. Voilà même ce que je redoutais, dit en soupirant le vieux colonel.

— Ils n'en seront pas moins convaincants, croyez-moi. La vérité, à mon sens, est toujours belle et passionnante.

— Parfois, elle est plutôt désagréable, opina le colonel.

— Non, fit Poirot. Vous parlez d'un point de vue personnel. Mais, considérée sous un angle abstrait, la logique absolue des faits devient fascinante et méthodique.

— J'essaierai d'envisager les choses de cette façon, concéda le colonel.

Poirot consulta sa montre, grosse comme un navet.

— C'est un souvenir de famille ? lui demanda Carbury.

— Elle a appartenu à mon grand-père

— Je m'en doutais.

— Il est temps de procéder à la mise en scène. Vous, mon colonel, asseyez-vous derrière cette table dans une attitude officielle.

— Ça va, grommela Carbury. Vous n'allez pas tout de même exiger que je me mette en uniforme ?

— Non, mais permettez que je redresse votre nœud de cravate.

Il joignit l'acte à la parole. Le colonel Carbury ricana, prit place dans le fauteuil et, la seconde d'après, inconsciemment, repoussa son nœud de cravate sous l'oreille gauche.

— Ici, continua Poirot, modifiant légèrement la position des sièges, nous placerons la famille Boynton. Et là, les trois étrangers plus ou moins mêlés à l'affaire : le docteur Gérard, témoin à charge, Miss Sarah King, impliquée à titre personnel et à celui de médecin ayant examiné le cadavre, enfin Mr Jefferson Cope, ami intime des Boynton et qu'on peut considérer comme partie intéressée.

Il s'interrompit :

— Les voici !

Il ouvrit la porte pour laisser entrer le groupe.

Lennox Boynton et sa femme apparurent les premiers, suivis de Raymond et de Carol. Geneviève arrivait seule, un vague sourire sur ses lèvres. Le docteur Gérard et Sarah King fermaient la marche.

Mr Jefferson Cope se présenta quelques minutes plus tard et balbutia une excuse.

Lorsque tout le monde fut assis, Poirot fit un pas en avant.

— Mesdames et Messieurs, commença-t-il, cette réunion n'a rien d'officiel. Comme je me trouvais par hasard à Amman, le colonel Carbury m'a fait l'honneur de me consulter.

Poirot fut interrompu par une voix tout à fait inattendue. Lennox Boynton s'écria, d'un ton agressif :

— Pourquoi diable vous a-t-il chargé de cette affaire ?

Poirot eut un geste d'excuse.

— On fait fréquemment appel à mes lumières dans les cas de morts subites.

— Les médecins vous envoient-ils chercher chaque fois qu'un malade succombe à une attaque d'apoplexie ? poursuivit Lennox.

— Une attaque d'apoplexie ! Quel terme vague et peu scientifique !

Le colonel Carbury s'éclaircit la gorge, puis s'exprima d'un ton officiel :

— Mettons les choses au point. J'ai effectivement été saisi d'un rapport concluant à une mort très naturelle. Mais le docteur Gérard vint me voir et fit une déclaration...

Ayant, du regard, consulté Poirot qui approuva d'un signe de tête, le colonel poursuivit :

— Le docteur Gérard est un professeur éminent qui jouit d'une renommée mondiale. Aussi n'ai-je pu prendre ses révélations à la légère. Voici ce qu'il m'a appris : le lendemain de la mort de Mrs Boynton, il remarqua qu'une certaine quantité d'une certaine drogue avait disparu de sa trousse pharmaceutique. Le veille, au cours de l'après-midi, il avait constaté l'absence d'une seringue hypodermique qu'on lui restitua durant la nuit. Enfin, sur le poignet de la morte on distinguait une piqûre correspondant à la marque laissée par une piqûre hypodermique.

Le colonel fit une pause.

— Dans ces conditions, j'estimai de mon devoir de procéder à une enquête. M. Hercule Poirot, mon invité, m'offrit ses distingués services. Je lui accordai tout pouvoir pour effectuer les recherches nécessaires. Nous sommes rassemblés ici pour entendre son rapport.

Un silence s'établit, si profond, qu'on aurait pu entendre la chute d'une épingle. De fait, quelqu'un dans une pièce voisine laissa tomber un corps lourd, sans doute une chaussure. Dans cette atmosphère paisible, ce bruit produisit l'effet d'une bombe.

Poirot lança un coup d'œil rapide sur le petit groupe des trois personnes à sa droite, puis se tourna à gauche vers les cinq Boynton, qui le regardaient d'un air effaré.

D'une voix calme, Poirot commença :

— Lorsque le colonel Carbury m'eut mis au courant de cette affaire, je lui donnai mon opinion en tant que technicien et lui expliquai qu'il me serait peut-être impossible de produire une preuve valable devant un tribunal. Toutefois, j'espérais arriver à la vérité, en interrogeant simplement les intéressés. Permettez-moi de vous dire, mes amis que, dans une enquête criminelle, l'essentiel consiste à faire parler le... ou les coupables. Ils finissent toujours par vous apprendre ce que vous désirez savoir.

Il fit une pause.

— Dans ce cas, bien que vous m'ayez menti, vous m'avez cependant, à votre insu, révélé la vérité.

Il perçut un faible soupir et le grincement d'une chaise sur le parquet à sa droite, mais ne se retourna point. Il continua d'observer les Boynton.

— Tout d'abord, j'envisageai l'hypothèse de la mort naturelle de Mrs Boynton, mais pour la repousser aussitôt. La drogue disparue, la seringue hypodermique manquante et surtout l'attitude de la famille, tout cela m'apportait la certitude que je ne pouvais retenir cette supposition. Non seulement Mrs Boynton fut supprimée de sang-froid, mais aucun des membres de sa famille ne l'ignorait. Tous réagirent comme s'ils étaient coupables.

« Cependant, il existe des degrés dans la culpabilité. J'examinai les témoignages en vue de m'assurer d'un fait : le meurtre — car, il y avait meurtre ! — avait-il été perpétré par la famille Boynton d'après un plan concerté ?

« Tous les Boynton avaient, pour tuer, de puissants mobiles. Tous ne pouvaient que bénéficier de la mort de Mrs Boynton, qui leur assurait l'indépendance matérielle et, du même coup, une fortune considérable.

« Je ne tardai pas à juger invraisemblable le meurtre comploté entre tous les membres de la famille. Les dépositions ne coïncidaient pas et nul n'avait prévu d'alibi. Les faits semblaient plutôt indiquer ceci : un ou deux Boynton avaient commis le crime et les autres n'étaient que des complices après coup.

« Je me demandai ensuite qui pouvait être le coupable. Là, j'avoue que j'étais prévenu grâce à un certain fait connu de moi seul.

Poirot raconta la conversation surprise par lui à l'hôtel Salomon à Jérusalem.

— Evidemment, tout semblait accuser Mr Raymond Boynton comme l'instigateur du crime. En observant la famille, je ne tardai pas à conclure que sa confidente était sa sœur Carol. Ils se ressemblent beaucoup au physique comme au moral. Ils éprouvent l'un pour l'autre une grande amitié et possèdent, l'un et l'autre, une nature nerveuse prompte à la rébellion. Le fait que leur mobile était désintéressé, qu'ils voulaient libérer la famille entière, et en particulier leur plus jeune sœur, ne rendit que plus vraisemblable mon hypothèse.

Poirot marqua une longue pause. Raymond Boynton entrouvrit les lèvres, mais referma la bouche aussitôt. Ses yeux, pleins de tristesse, demeuraient fixés sur le détective belge.

— Avant de poursuivre l'accusation contre Raymond Boynton je désirerais vous lire une liste des faits significatis que j'ai dressée et soumise cet après-midi au colonel Carbury.

FAITS SIGNIFICATIFS

1. Mrs Boynton prend un médicament contenant de la digitaline.
2. Le docteur Gérard constate la disparition d'une seringue hypodermique.
3. Mrs Boynton empêche ses enfants de rechercher la société d'autres personnes.
4. Cet après-midi-là, Mrs Boynton encourage ses enfants à sortir et à la laisser seule.
5. Il y a chez Mrs Boynton un certain sadisme.
6. La distance entre la tente principale et l'endroit où Mrs Boyton est assise, est d'environ deux cents mètres.
7. Lennox Boynton prétend d'abord ignorer l'heure de son retour au campement, puis plus tard avoue avoir remis à l'heure la montre-bracelet de sa mère.
8. Le docteur Gérard et Miss Geneviève Boynton occupent deux tentes voisines l'une de l'autre.
9. A six heures et demie, le dîner étant prêt, un domestique est envoyé prévenir Mrs Boynton.
10. Mrs Boyton, à Jérusalem, prononce ces paroles : Rappelez-vous que je n'oublie jamais ! Pas un acte, pas un nom pas un visage.

« Bien que j'aie séparé ces diverses remarques, on pourrait en certains cas faire des rapprochements. Par exemple, les deux premières : Mrs Boynton prend un médicament contenant de la digitaline. Le docteur Gérard constate la disparition d'une seringue hypodermique. Ces deux faits me frappèrent tout d'abord et me parurent contradictoires. Vous ne saisissez pas ce que j'entends par là ? Qu'importe ! J'y reviendrai tout à l'heure. Sachez seulement que j'ai relevé ces deux points qui exigent une explication.

« Je vais en terminer avec la question de la culpabilité possible de Raymond Boynton. Voici les faits. On l'a entendu discuter de la suppression de la vieille dame. Il était sous le coup d'une violente émotion nerveuse. Il venait de traverser une crise sentimentale. En d'autres termes, il était amoureux. L'exaltation de sa sensibilité pouvait l'entraîner à des actes inattendus. Il aurait pu s'attendrir et se montrer plein d'indulgence pour tout le monde en général et en particulier pour sa belle-mère. Il aurait pu aussi acquérir enfin le courage nécessaire pour lui résister et se débarrasser de son joug. Enfin, il aurait pu trouver le stimulant qui l'aurait amené à passer de la théorie à la pratique du crime. Voilà l'élément psychologique. Maintenant, examinons les faits.

« Raymond Boynton quitta le campement en compagnie des autres vers trois heures et quart. Mrs Boynton était encore vivante. Bientôt Raymond et Miss King eurent un entretien tête à tête. Puis il la quitta. Selon ses dires, il revint au campement à six heures moins dix. Il monta vers sa mère, échangea avec elle quelques mots, regagna sa tente et descendit ensuite à la tente principale. Il affirma qu'à six heures moins dix Mrs Boynton était bien vivante.

« Mais nous arrivons à un fait qui contredit cette déclaration. A six heures et demie, la mort de Mrs Boynton est découverte par un domestique. Miss King, doctoresse en médecine, examine le corps et jure que la mort remonte à une heure et même davantage. Toutefois elle avoue n'avoir pas attaché à cette indication une importance particulière.

« Nous nous trouvons donc ici en présence de deux dépositions contradictoires. En écartant la possibilité que Miss King ait pu commettre une erreur... »

Sarah l'interrompit.

— Je ne commets pas d'erreur ! C'est-à-dire que, si je m'étais trompée, je le reconnaîtrais volontiers.

Le ton de sa voix était dur. Poirot s'inclina poliment devant elle.

— Alors, de deux choses l'une : ou Miss King ment, ou Mr Boynton nous a menti. Examinons les raisons qu'aurait pu avoir Raymond Boynton de cacher la vérité. Admettons que Miss King ne se soit pas trompée et n'ait pas menti de propos délibéré. Que se passe-t-il ? Raymond Boynton regagne le campement. Il aperçoit sa mère assise à l'entrée de sa caverne, va vers elle et la trouve morte. Que fait-il ? Appelle-t-il au secours ? Annonce-t-il la nouvelle aux gens du campement ? Non, il attend une minute ou deux, passe à sa tente, puis rejoint les siens dans la tente principale et se tait. Un tel comportement paraît pour le moins inexplicable.

Raymond déclara d'une voix nerveuse :

— Evidemment, ce serait stupide. Raison de plus pour que vous admettiez que ma mère était vivante, comme je l'ai toujours soutenu. Miss King, étant sous le coup d'une forte émotion, a pu se méprendre.

— D'après Miss King, continua Poirot d'un ton calme, Raymond Boynton ne saurait être le coupable ; la seule fois où on l'a vu s'approcher de sa mère cet après-midi-là, la pauvre femme était morte depuis déjà quelque temps. S'il est innocent, comment expliquer sa conduite ?

« C'est très simple. Evoquons ce fragment de conversation que j'ai surpris : *« Tu vois bien, il ne nous reste plus qu'à la tuer !* » Il revient de la promenade, trouve sa belle-mère morte et, aussitôt, sa conscience coupable suppose que le projet criminel a été mis à exécution, non par lui, mais par sa complice ; il soupçonne sa sœur, Carol Boynton.

— Vous en avez menti ! s'indigna Raymond, d'une voix sourde.

Poirot reprit :

— Acceptons l'hypothèse de la culpabilité de Carol Boynton. Quel témoignage l'accuse ? Comme son frère, elle est de tempérament exalté et peut entourer un meurtre d'une auréole d'héroïsme. C'est à elle que parlait Raymond Boynton ce soir-là, à Jérusalem. Carol Boynton est rentrée au campement à cinq heures dix, et, selon sa propre version, elle est montée voir sa mère. Aucun témoin. Le campement était désert, le personnel dormait. Lady Westholme, Miss Pierce et Mr Cope visitaient les cavernes à une certaine distance du campement. Toutes ces circonstances sont défavorables à Carol Boynton.

Il fit une pause. Carol leva la tête et posa sur le détective un regard douloureux. Poirot poursuivit :

— Autre chose. Le lendemain matin, de très bonne heure, on a vu Carol jeter dans le ruisseau un objet brillant et tout porte à croire qu'il s'agit d'une seringue hypodermique.

— Comment ? s'écria le docteur Gérard. Mais on m'a restitué ma seringue ! Je l'ai en ma possession.

— Je sais, fit Poirot. C'est assez curieux l'histoire de cette seconde seringue. On m'a laissé comprendre qu'elle appartenait à Miss King, n'est-ce pas ?

Carol intervint, sans permettre à Miss King de répondre.

— Non, non ! C'était la mienne !

— Alors, vous admettez que vous vous en êtes débarrassée ?

Elle hésita une seconde.

— Oui, pourquoi pas ?

— Carol ! s'exclama Nadine, les yeux emplis d'angoisse, Carol ! Je ne comprends pas !

Carol se tourna vers sa belle-sœur, une pointe d'hostilité dans le regard.

— C'est pourtant très simple : Je me suis défaite d'une vieille seringue hors d'usage. Cela ne signifie nullement que je me suis servie du... poison !

Sarah protesta :

— Miss Pierce vous a dit la vérité : la seringue était à moi.

— Cette affaire de la seringue hypodermique s'embrouille, mais je vais vous en fournir l'explication. Jusqu'ici nous avons admis l'innocence de Raymond Boynton et accusé sa sœur Carol. Mais, en toute loyauté, je veux considérer l'affaire sous tous ses angles. Demandons-nous ce qui se serait produit si Carol était innocente.

« Elle rentre au campement, va vers sa belle-mère et découvre qu'elle est morte ! Que va-t-elle penser ! Elle soupçonne son frère Raymond et, ne sachant quel parti prendre, elle se tait. Bientôt, une heure après environ, Raymond regagne le campement. Il monte auprès de sa mère, redescend et ne signale rien d'anormal. Dès lors, le soupçon de la jeune fille devient une certitude. Peut-être se rend-elle à

165

la tente de son frère pour y chercher la seringue ? Persuadée qu'il est coupable elle cache cet objet compromettant et de très bonne heure, le lendemain matin, elle le lance le plus loin possible dans le cours d'eau.

« Un nouvel indice milite en faveur de Carol. Lorsque je l'ai interrogée, elle m'a affirmé qu'elle et son frère n'ont jamais eu l'intention d'exécuter leur plan. Je lui ai demandé de prêter serment et elle m'a juré solennellement qu'elle n'était pas coupable du crime. Retenez bien ces termes. Elle ne dit point *qu'ils* ne sont pas coupables. Elle ne parle que pour *elle* et compte que je n'attacherai pas d'importance à ce pronom.

« Et voilà donc démontrée l'innocence de Carol Boynton ! Maintenant, revenons en arrière et considérons, non pas l'innocence, mais la culpabilité éventuelle de Raymond. Supposez que Carol ait dit la vérité et que Mrs Boynton était encore vivante à cinq heures dix. Comment Raymond pourrait-il être coupable ? Nous admettons qu'il a tué sa mère à six heures moins dix lorsqu'il monta lui parler. Des serviteurs allaient et venaient dans le campement, mais le jour baissait. Le crime aurait pu être commis à cette heure-là. Mais alors, c'est Miss King qui ment. Souvenez-vous qu'elle est revenue au campement cinq minutes seulement après Raymond. Elle l'aurait aperçu de loin montant vers sa mère. Un peu plus tard, lorsqu'elle découvre la mort de la vieille dame, Miss King comprend que Raymond l'a tuée et, pour le sauver, elle recourt au mensonge. Le docteur Gérard, alité, est dans l'impossibilité de la contredire.

— Je n'ai pas menti ! déclara Sarah d'une voix nette.

Imperturbable, Poirot continuait :

— Une autre hypothèse s'offre à nous. Comme je viens de le dire, Miss King a regagné le campement cinq minutes après Raymond. Si Raymond Boynton a trouvé sa mère vivante, c'est peut-être Miss King qui a administré à la vieille dame l'injection fatale. À ses yeux, Miss Boynton était un génie du mal. Elle a voulu remplir l'office du bourreau justicier, ce qui expliquerait son mensonge sur l'heure de la mort.

— Il est vrai que j'ai exprimé l'idée qu'il était parfois utile de supprimer un seul pour le salut de tous. Cette pensée m'a été suggérée par l'endroit où nous nous trouvions : la Place du Sacrifice. Mais je puis vous assurer que jamais je n'ai eu l'intention de faire le moindre mal à cette horrible vieille femme.

— Pourtant, l'un de vous deux doit mentir, dit Poirot.

Raymond Boynton s'agita sur son siège et s'écria :

— Vous avez gagné, monsieur Poirot ! C'est moi le menteur ! Ma mère était morte quand je suis monté la voir. Sur le moment, j'en ai été bouleversé. Vous comprenez, je voulais lui signifier que désormais je prenais la responsabilité de mes actes. J'arrive et je la trouve morte ! Sa main était déjà froide. Alors, j'ai pensé à ce que vous avez dit tout à l'heure. J'ai soupçonné Carol, en apercevant la marque sur le poignet...

— Un point demeure obscur en mon esprit, objecta Poirot. Quel moyen comptiez-vous employer ? Vous aviez un plan... nécessitant l'emploi d'une seringue hypodermique. Si vous voulez que je vous croie, racontez-moi le reste.

Raymond s'empressa de répondre :

— J'ai emprunté cette idée dans un livre, un roman policier anglais. On pique la personne cardiaque à l'aide d'une seringue hypodermique vide et le tour est joué.

— Maintenant, je comprends ! dit Poirot. Alors, vous avez acheté une seringue ?

— Non, intervint Carol. Il a chipé celle de Nadine.

Poirot regarda Mrs Lennox Boynton.

— Était-ce la seringue que vous aviez dans vos bagage à Jérusalem, madame ?

Le visage de la jeune femme se colora.

— Je ne savais pas ce qu'elle était devenue.

— Vous avez une remarquable présence d'esprit, madame, complimenta Poirot.

CHAPITRE XVI

LA MONTRE-BRACELET

Il y eut un silence. S'éclaircissant la voix, Poirot continua :

— Nous venons donc de résoudre le problème de ce que je pourrais appeler la *seconde seringue hypodermique*. Elle appartient à Mrs Boynton, Raymond Boynton l'a prise avant le départ de Jérusalem, Carol la lui a enlevée après la découverte de la mort de Mrs Boynton et l'a jetée à l'eau. Enfin, Miss Pierce l'a trouvée et Miss King en revendique la propriété. Sans doute l'a-t-elle actuellement en sa possession ?

— C'est exact, déclara Sarah.

— En sorte qu'en affirmant tout à l'heure que cette seringue était à vous, vous agissiez contrairement aux principes que vous proclamiez avec tant d'ardeur ! Vous mentiez !

— Il s'agit d'un tout autre genre de mensonge. Ce n'est pas... ce n'est pas un mensonge *professionnel !*

Gérard acquiesça de la tête.

— Je vous comprends, mademoiselle, lui dit-il.

— Merci.

De nouveau, Poirot toussota :

— Examinons maintenant l'horaire.

Les Boynton et Jefferson Cope quittent le campement .... environ 3.5

Le docteur Gérard et Sarah quittent le campement .... environ 3.15

168

« Il existe un laps de vingt minutes entre quatre heures cinquante, alors que Nadine Boynton a quitté sa belle-mère, et cinq heures dix, heure à laquelle Carol est rentrée au campement. Si celle-ci dit la vérité, Mrs Boynton a été tuée au cours de ces vingt minutes.

« Qui a pu la tuer ? A ce moment-là, Miss King et Raymond Boynton se trouvaient ensemble. Mr Cope — je ne vois pas l'intérêt qu'il eût eu à tuer — possède un alibi. Il était avec lady Westholme et Miss Pierce. Lennox Boynton se reposait dans la tente principale auprès de sa femme. Le docteur Gérard grelottait de fièvre sous sa tente. Le campement est désert, le personnel fait la sieste. Moment propice pour commettre un crime ! Y a-t-il quelqu'un susceptible de l'avoir commis ?

Pensivement, son regard se posa sur Geneviève Boynton.

— Oui, il y a quelqu'un. Geneviève Boynton a passé tout l'après-midi sous sa tente. Voilà, du moins, ce qu'on nous a dit. Mais j'ai la preuve qu'elle n'y est pas restée tout le temps. Geneviève Boynton m'a fait une remarque significative. Elle dit que le docteur Gérard a prononcé son nom dans sa fièvre. Le docteur Gérard, de son côté, m'a appris que, pendant son attaque, il a vu en rêve le visage de Geneviève. En fait, ce n'était pas un rêve. Il a vu la jeune fille en chair et en os auprès de son lit. Ce qu'il prenait pour

169

un effet de la fièvre était la réalité. Geneviève se trouvait dans la tente du docteur Gérard. N'y est-elle pas venue pour rapporter la seringue hypodermique après usage ?

Geneviève Boynton leva sa tête couronnée de cheveux d'or. Elle fixa Poirot de ses yeux magnifiques, en ce moment dénués de toute expression. On eût dit le visage d'une sainte.

— Non ! s'écria le docteur Gérard.

— Du point de vue psychologique, serait-ce donc impossible ?

Le Français baissa les yeux.

Nadine Boynton proféra, d'une voix tranchante :

— Tout à fait impossible !

Le regard de Poirot se porta aussitôt vers elle.

— Impossible, madame ?

— Oui.

Elle fit une pause, se mordit la lèvre et ajouta :

— Je ne laisserai pas ainsi accuser ma jeune belle-sœur. Tous, nous savons que c'est impossible.

Geneviève s'agita légèrement. Sa bouche se détendit en un suave sourire, le sourire innocent et inconscient d'une fillette.

— Impossible ! répéta Nadine.

Le doux visage de Mrs Boyton prit une expression énergique et, sans sourciller, ses yeux se tournèrent vers Poirot.

Le détective lui adressa un léger salut et dit :

— Madame, vous êtes une femme intelligente !

— Qu'entendez-vous par là ? demanda Nadine.

— Depuis le début, madame, j'ai constaté que vous saviez garder la tête froide.

— Vous me flattez.

— Je ne crois pas. Vous envisagez la situation avec calme et sérénité. Vous paraissiez en bons termes avec votre belle-mère, jugeant que c'était encore la meilleure tactique, mais, en votre for intérieur, vous la jugiez et la condamniez. Depuis quelque temps, vous compreniez que, pour assurer votre bonheur et le sien, votre mari devait quitter la maison et vivre par ses propres moyens, quelles que fussent les difficultés à surmonter. Vous étiez prête à assumer tous les risques et vous l'encouragiez à se libérer du joug maternel. Mais vous avez échoué, madame. Lennox Boynton n'avait plus le désir de la liberté. Il s'enlisait dans l'apathie et la tristesse.

« Je ne doute point, madame, de votre amour pour votre mari. Votre projet de l'abandonner ne venait pas de sentiments plus profonds envers un autre, mais plutôt du désespoir. Une femme de votre situation ne disposait que de trois moyens d'évasion : premièrement, faire appel à la volonté de son mari : là, comme je viens de le dire, vous n'avez pas réussi ; deuxièmement, menacer de le quitter, mais cette menace n'aurait fait que l'enfoncer davantage dans sa neurasthénie, sans susciter chez lui la moindre révolte ; troisièmement, fuir avec un autre homme. La jalousie et l'instinct de possession sont profondément ancrés dans le cœur humain. Vous avez fait preuve de sagesse en essayant de toucher les fibres secrètes de l'âme de votre mari. Si Lennox Boynton vous avait laissé partir avec un rival sans rien tenter, il eût alors été un homme perdu et vous auriez pu songer à refaire votre vie ailleurs.

« Supposons que même ce geste désespéré ne donne aucun résultat, votre décision bouleversa Lennox Boynton. Cependant, il ne réagit point comme un homme primitif sous l'aiguillon de la jalousie. Alors, qu'est-ce qui pouvait tirer votre mari de sa torpeur mentale ? Seule la mort de sa belle-mère. Enfin libre, il recouvrerait sa personnalité et sa force virile.

Après un silence, Poirot répéta doucement :

— Seule la mort de votre belle-mère... »

Nadine n'avait pas quitté Poirot du regard. Elle lui dit, d'une voix calme :

— Vous insinuez que je suis responsable du drame, n'est-ce pas ? Mais vous avez tort, monsieur Poirot. Après avoir annoncé la nouvelle de mon départ à Mrs Boynton, j'ai rejoint Lennox sous la tente principale et ne l'ai pas quitté un instant jusqu'au moment où nous avons appris la mort de ma belle-mère. On pourrait m'accuser d'être la cause indirecte de sa mort, en ce sens que je lui ai donné une forte émotion, mais cela suppose une mort naturelle. Si, comme vous le prétendez — jusqu'ici vous n'en possédez pas la preuve et elle ne vous sera fournie que par l'autopsie — elle a été tuée, je n'y suis pour rien.

Poirot poursuivit :

— Vous n'avez pas quitté la tente principale jusqu'au moment où l'on a annoncé la mort de Mrs Boynton ? Voilà précisément ce que je trouve d'anormal dans l'affaire.

— Et pourquoi ?

— Voici ce que je lis sur ma liste. N° 9 : A six heures et demie, le dîner étant prêt, un domestique est envoyé prévenir Mrs Boynton.

— Je ne saisis pas, observa Raymond.

— Moi non plus, dit Carol.

Poirot les étudia l'un après l'autre.

— Vous ne comprenez pas ? Un domestique est envoyé. Pourquoi un domestique ? Est-ce que, tous, tant que vous êtes, vous ne vous montriez pas empressés auprès de la vieille dame ? L'un de vous ne se dérangeait-il pas, d'habitude, pour l'accompagner à sa salle à manger ? Elle était infirme et, sans aide, ne pouvait se lever de son fauteuil. Sans cesse, l'un d'entre vous se tenait à ses côtés. Il eût été tout naturel que, le dîner annoncé, un de ses enfants allât la chercher. Personne ne s'est proposé. Vous êtes tous restés assis, comme paralysés, vous regardant l'un l'autre, chacun se demandant pourquoi son voisin ne bougeait pas.

— Tout cela est absurde, monsieur Poirot ! s'écria Nadine, d'une voix sèche. Nous étions tous harassés de fatigue. Je reconnais que nous aurions dû nous lever, mais, ce soir-là, nous ne l'avons pas fait ! Voilà tout !

— Précisément, fit Poirot, s'inclinant, vous, madame, vous preniez soin de votre belle-mère peut-être plus qu'aucun des autres. C'était là un devoir dont vous vous acquittiez machinalement. Mais, ce soir-là, vous ne vous êtes pas offerte à aller la chercher. Pourquoi ? Telle est la question que je me pose.

Pourquoi ? Et je puis répondre : *parce que vous saviez fort bien qu'elle était morte...*

« Non, non ! ne m'interrompez pas, madame, dit le détective, levant la main. Vous écouterez jusqu'au bout Hercule Poirot. Votre conversation avec votre belle-mère a eu des témoins. Des témoins qui pouvaient voir, mais pas *entendre* ! Lady Westholme et Miss Pierce se trouvaient à une certaine distance. Elles vous ont vu parler à votre belle-mère, mais quelle preuve avons-nous de ce qui s'est passé ? Je vais vous soumettre ma petite hypothèse. Vous êtes une femme de tête, madame. Si, dans votre cerveau très lucide, vous avez décrété la suppression de la vieille Mrs Boynton, vous commettez le crime avec toute l'intelligence et la prudence voulues. En l'absence du docteur Gérard, parti le matin en excursion, il vous est loisible de pénétrer sous la tente. Vous êtes presque sûre d'y trouver le poison qu'il vous faut. Votre profession d'infirmière vous y aidera. Vous choisissez la digitoxine, médicament identique à celui que prend la vieille dame, et, comme votre propre seringue a disparu, vous subtilisez celle du médecin, avec l'espoir de la remettre en place avant que son propriétaire ne s'aperçoive de sa disparition.

« Avant de mettre votre plan à exécution, une dernière fois vous tentez de persuader votre mari de prendre une décision. Vous lui révélez votre intention d'épouser Jefferson Cope. Bien que bouleversé, Lennox ne réagit pas dans le sens que vous souhaitez... et vous vous voyez acculée au meurtre. Vous regagnez le campement et, en passant devant lady Westholme et Miss Pierce, vous échangez avec elles quelques propos aimables.

« Vous montez alors auprès de votre belle-mère, toujours assise devant sa caverne. Votre seringue est toute prête : rien de plus facile que de saisir la main de cette malade et, grâce à votre expérience d'infirmière, d'enfoncer la pointe dans le poignet. Le coup est fait avant que votre belle-mère ne s'en rende compte. De la vallée, les autres vous voient simplement bavarder avec la vieille dame. Pour donner le change, vous prenez un siège et, assise auprès de Mrs Boynton, vous paraissez engager avec elle une conversation amicale. La mort a dû être instantanée et vous parlez à un cadavre, mais qui s'en douterait ? Au bout de quelques minutes, vous remettez la chaise en place et descendez à la tente principale où vous trouvez votre mari en train de lire un roman. Vous prenez soin de ne pas quitter la tente. Vous êtes certaine que le décès de Mrs Boynton sera attribué à une attaque d'apoplexie. Mais vos plans sont déjoués. Vous ne pouvez restituer la seringue parce que le docteur Gérard a réintégré sa tente où la fièvre le tient alité. Vous l'ignorez peut-être, mais il s'est aperçu de l'absence de cette seringue. Voilà, madame, la faille dans ce qui aurait pu être un crime parfait ! »

Un silence, un long silence suivit. Puis Lennox Boynton bondit de son siège.

— Non ! s'écria-t-il. Tout cela n'est que mensonge ! Nadine est innocente ! Elle n'a pu commettre ce crime, car ma mère était déjà morte.

— Ah !

Le regard de Poirot se posa doucement sur le jeune homme.

— Alors, c'est vous qui l'avez tuée, monsieur Boynton ?

Nouveau silence. Lennox s'affaissa dans son fauteuil et porta ses mains tremblantes à son visage.

— Oui, c'est moi... je l'ai tuée.

— Vous avez volé la digitoxine du docteur Gérard ?

— Oui.

— Quand ?

— Comme vous l'avez dit... le matin.

— Et la seringue ?

— La seringue ? Aussi.

— Pourquoi l'avez-vous tuée ?

— Pouvez-vous me poser une telle question ?

— Je vous la pose, monsieur Boynton !

— Vous le savez. Ma femme allait me quitter... avec Cope...

— Oui, mais vous n'avez appris cette nouvelle que l'après-midi.

Lennox le regarda bien en face.

— Bien sûr... Quand nous nous promenions...

— Mais vous avez pris le poison et la seringue le *matin... avant* de savoir ?

— Pourquoi me harceler ainsi ?

Il s'arrêta et se passa la main sur le front.

— Qu'importe tout cela !

— Cela importe beaucoup. Je vous conseille, monsieur Lennox Boynton, de me dire la vérité.

— La vérité ?

Lennox ouvrit de grands yeux. Nadine se retourna brusquement sur son siège et plongea son regard dans celui de son mari.

— Oui, la vérité, répéta Poirot.

Lennox aspira profondément.

— Cet après-midi-là, dit-il lentement, après avoir quitté Nadine, j'étais comme une loque. Jamais je n'aurais supposé qu'elle me quitterait pour suivre un autre... J'étais... j'étais comme fou. Il me semblait être ivre ou relever de maladie

Poirot acquiesça et dit :

— Lady Westholme a, en effet, remarqué votre allure lorsque vous êtes passé devant elle. Voilà pourquoi j'ai deviné que votre femme mentait en prétendant vous avoir mis au courant de ses intentions après votre retour au campement. Poursuivez, monsieur Boynton !

— Je savais à peine ce que je faisais. Mais, à mesure que j'approchais, mes idées redevinrent nettes. Seul, j'étais à blâmer ! Je m'étais conduit comme un pleutre ! J'aurais dû résister à la volonté maternelle et m'enfuir voilà des années. J'en vins à penser qu'il n'était peut-être pas trop tard. J'aperçus la vieille mégère étalée dans son fauteuil comme un bouddha se profilant contre le rocher rouge. Je montai aussitôt la trouver pour avoir avec elle une dernière explication. Je voulais lui dire tout ce que j'avais sur le cœur et lui annoncer mon départ. J'avais décidé de m'en aller immédiatement après avec Nadine et de gagner Ma'an ce même soir.

— Oh ! Lennox... mon chéri...

Nadine poussa un soupir.

Lennox continua :

— J'allai auprès d'elle et je restai atterré ! Elle était morte ! Assise là... morte ! Je ne savais que faire ! J'étais comme frappé de stupeur. Tout ce que je me disposais à lui crier à la face m'étouffait... Je ne puis vous expliquer... J'étais pétrifié. Machinalement, je pris sa montre-bracelet, qui était posée sur ses genoux, je la nouai sur son poignet inerte...

Secoué d'un frisson, il poursuivit :

— Dieu ! Quel affreux souvenir ! Puis je descendis en chancelant, et me rendis sous la grande tente. J'aurais dû appeler quelqu'un. Mais je n'y songeai pas. Je restai assis là, feuilletant les pages, attendant...

Il fit une pause.

— Vous refusez de me croire... Je vous comprends. Pourquoi n'ai-je appelé personne ? Pourquoi n'avoir point tout raconté à Nadine ? Je ne saurais le dire.

Le docteur Gérard toussota.

— Votre déclaration est tout à fait plausible, monsieur Boynton, dit-il. Vous étiez en proie à une intense nervosité. Deux fortes émotions coup sur coup suffiraient à mettre une personne dans l'état où vous vous trouviez. Ainsi que l'explique le professeur Weissenhalter, il s'agit là d'une réaction comparable à celle de l'oiseau qui s'est cogné la tête contre une vitre. Même une fois remis de sa commotion, instinctivement il s'abstient de toute activité pendant un certain moment, comme pour donner le temps à ses centres nerveux de recouvrer leur équilibre. Vous ne pouviez agir autrement, ni prendre aucune décision. Vous avez traversé une période de paralysie mentale.

Il se tourna vers Poirot.

— Je vous assure, mon ami, qu'il en est ainsi.

— Oh ! je ne me permettrai pas d'en douter, répondit Poirot. J'avait remarqué ce léger détail... le fait que Mr Boynton avait remis au poignet de sa mère sa montre-bracelet. Ce geste pouvait s'expliquer de deux façons ; était-ce un prétexte pour accomplir le crime ou avait-il pour objet de donner le change à Mrs Boynton, qui revint au campement cinq minutes après son mari ? Elle a dû voir Lennox faire ce geste et le mal interpréter. Arrivée près de sa belle-mère et la trouvant morte avec la trace d'une piqûre au poignet, elle en a naturellement conclu que son mari était le meurtrier, que la menace de le quitter avait produit chez lui une réaction différente de celle qu'elle attendait. En résumé, Nadine Boynton crut avoir incité son mari à commettre ce crime.

Poirot regarda Nadine.

— Est-ce bien cela, madame ?

Elle inclina la tête, puis demanda :

— Vraiment, monsieur Poirot, m'avez-vous soupçonnée ?

— Je vous considérais comme une coupable éventuelle, madame.

Elle se pencha en avant.

— A présent, monsieur Poirot, dites-nous ce qui s'est réellement passé.

CHAPITRE XVII

LENNOX SE RÉVEILLE

— Ce qui s'est réellement passé ? répéta Poirot.

Il allongea la main derrière lui, rapprocha une chaise et s'assit. D'un ton aimable et sans cérémonie, il poursuivit :

— Ça, c'est une question. En effet, la digitoxine a été enlevée, et aussi la seringue ; de plus, on a relevé la trace d'une piqûre hypodermique sur le poignet de Mrs Boynton.

« Il est vrai que d'ici quelques jours nous saurons, grâce à l'autopsie, si Mrs Boynton est morte d'une dose excessive de digitaline. Mais alors il sera peut-être trop tard ! Mieux vaux connaître la vérité ce soir, tandis que nous tenons encore le meurtrier à portée de la main. »

Nadine releva brusquement la tête.

— Alors, vous prétendez que l'un de nous, présents dans cette pièce...

Sa voix se brisa.

Poirot hocha doucement la tête.

— J'ai promis au colonel Carbury de lui apporter la vérité. La voie maintenant déblayée, nous revenons à notre point de départ, c'est-à-dire au moment où je dressai une liste de faits dont deux semblaient se contredire.

Pour la première fois, le colonel prit la parole.

— Et, si maintenant, vous nous les expliquiez, suggéra-t-il.

Très digne, Poirot répondit :

— Nous y arrivons. Voyons d'abord ces deux faits en tête de ma liste. *Mrs Boynton prend un médicament contenant de la digitaline et le docteur Gérard constate la disparition d'une seringue hypodermique.* Prenons ces faits et opposons-les à la réaction des Boynton qui laisserait soupçonner leur culpabilité. Un des membres de la famille doit avoir commis le crime. Et pourtant, ces deux faits prouveraient le contraire. L'idée de faire absorber à la vieille dame une solution concentrée de digitaline ne manque pas d'astuce, parce que Mrs Boynton prenait déjà un médicament de même nature. En ce cas, qu'aurait fait un des Boynton ? Une seule solution raisonnable se présentait à eux : verser le poison dans le flacon de médicament. Quiconque possède un grain de bon sens et ayant accès au flacon de médicament eût agi de la sorte.

« Tôt ou tard, Mrs Boynton avale sa potion et meurt. Même si on découvre l'excès de digitaline dans le flacon, on attribuera cette erreur au pharmacien qui a préparé le médicament. On ne peut fournir aucune preuve !

« Alors, pourquoi le vol de la seringue hypodermique ?

« Je ne vois au fait que deux explications : ou le docteur Gérard n'a pas vu sa seringue qui ne lui a pas été volée, ou bien on la lui a prise parce que le meurtrier ne pouvait parvenir jusqu'au médicament de Mrs Boynton. Ces deux points prouvent surabondamment que le crime est imputable à une personne étrangère à la famille.

« Je m'en suis rendu compte. Mais je demeurais intrigué par les témoignages qui semblaient accabler la famille Boynton. Etait-il possible qu'en dépit des apparences, la famille Boynton fût innocente ? Je m'appliquai donc à démontrer, non pas la culpabilité, mais l'innocence de ses membres.

« Nous en sommes à ce stade de l'enquête. Le meurtre a été commis par un étranger, en d'autres termes, par quelqu'un qui n'était pas suffisamment intime avec Mrs Boynton pour entrer sous sa tente ou lui présenter sa potion. »

Poirot fit une pause.

« Il y a ici trois personnes étrangères à la famille, mais qui se trouvent mêlées à l'affaire.

« Commençons par Mr Cope. Depuis longtemps, il entretient des relations suivies avec les Boynton. A-t-il un mobile plausible ? Il ne le semble point. La mort de la vieille dame lui a plutôt nui en détruisant chez lui certaines espérances. Nous ne voyons aucune raison pour lui de désirer la mort de Mrs Boynton. Sauf, évidemment, s'il existe un mobile secret, car nous ignorons la nature exacte des rapports entre Mr Cope et la famille Boynton. »

Mr Cope, d'une voix digne, intervint :

— Monsieur Poirot, vous me semblez aller un peu loin. Ne perdez pas de vue que je n'ai pas l'occasion de commettre le crime et que je professe le plus grand respect pour la vie humaine.

— Votre innocence paraît certes indiscutable, proféra Poirot avec gravité. Dans un roman policier, vous seriez fortement suspecté pour cette raison même.

Poirot se tourna sur sa chaise.

— Maintenant, à Miss King. Elle possède plusieurs mobiles et la connaissance médicale nécessaire. En outre, c'est une personne douée de caractère et de détermination. Mais puisqu'elle a quitté le campement avant trois heures et demie avec les autres et n'y est point retournée avant six heures, il semble difficile de préciser le moment où elle aurait pu commettre le meurtre.

« Venons ensuite au docteur Gérard, et tenons compte de l'heure à laquelle Mrs Boynton est morte. Suivant la dernière déclaration de Mr Lennox Boynton, sa mère avait cessé de vivre à quatre heures trente-cinq. Aux dires de lady Westholme et Miss Pierce, elle était vivante à quatre heures seize, lorsqu'elles sont parties pour la promenade, ce qui laisse exactement vingt minutes d'écart. Comme ces deux dames s'éloignaient du campement, elles rencontrèrent le docteur Gérard qui rentrait. Par conséquent, il est parfaitement possible que le docteur Gérard soit le coupable. En tant que médecin, il pouvait aisément simuler un accès de paludisme. Il possédait un mobile plausible : il voulait sauver une certaine personne dont la raison, perte certes plus grave que celle de la vie, était en danger, et jugeait que le sacrifice d'une vieille femme usée et inutile en valait la peine !

— Vous avez, monsieur Poirot, des idées fantastiques ! dit le médecin en souriant.

Sans prêter attention à cette remarque, Poirot continua :

— Mais alors, pourquoi Mr Gérard a-t-il attiré notre attention sur l'éventualité d'un meurtre ? Car, il est certain que, sans la déclaration qu'il fit au colonel Carbury, la mort de Mrs Boynton eût été attribuée à une cause naturelle. C'est le docteur Gérard qui, le premier, soupçonna un meurtre. Nous nous heurtons ici au simple bon sens.

— En effet, grommela le colonel Carbury.

— Reste encore une supposition, continua le détective. Mrs Boynton a, tout à l'heure, protesté énergiquement contre les soupçons pesant sur sa jeune belle-sœur. Ses objections sont d'autant plus fortes qu'elle savait que sa belle-mère était morte quand elle-même arriva au campement. Souvenons-nous que Geneviève Boynton est demeurée au campement tout l'après-midi et qu'il s'est écoulé un certain temps entre le moment où lady Westholme et Miss Pierce quittaient le campement et celui où le docteur Gérard y revenait...

La jeune fille se pencha en avant et regarda Poirot d'un air innocent et bizarre.

— Est-ce moi ? Vous croyez que c'est moi ?

Soudain, d'un mouvement rapide, rayonnante de beauté, la jeune fille se leva et courut se jeter aux genoux du docteur Gérard, s'accrochant à lui et le regardant passionnément dans les yeux.

— Empêchez-les de dire cette infamie ! Ils vont de nouveau me séquestrer. Ce n'est pas vrai ! Je n'ai rien fait de mal ! Ce sont mes ennemis. Ils veulent me jeter en prison, m'enfermer ! Aidez-moi, je vous en prie, aidez-moi !

— Voyons, voyons, mon enfant, dit le médecin en caressant la tête de la jeune fille.

Puis, s'adressant à Poirot :

— Vous dites des bêtises, des absurdités !

— La folie de la persécution ? murmura Poirot.

— Oui. Mais cette enfant n'aurait pas procédé comme vous l'insinuez. Elle aurait commis, comprenez-moi, un crime « spectaculaire », mélodramatique, avec un poignard, quelque chose de théâtral, de tragique... Pas un acte calme et logique ! Aucun doute là-dessus. Or, nous sommes en présence d'un meurtre prémédité, qui est le crime d'une personne saine d'esprit.

Poirot sourit. Il s'inclina, à la surprise de tous.

— Je partage entièrement votre avis, déclara-t-il d'un ton suave.

CHAPITRE XVIII

LADY WESTHOLME

— Suivez-moi bien, dit Poirot. Il nous reste encore un bout de chemin à parcourir. Le docteur Gérard a invoqué la psychologie. Examinons donc ce côté spécial du problème. Nous avons étudié les faits, établi la suite chronologique des événements et écouté les témoignages de chacun. Reste... la psychologie. Le point essentiel est la mentalité de la défunte.

« Prenons dans ma liste les points 3 et 4 : *Mrs Boynton empêche ses enfants de rechercher la société d'autres personnes*. Or, Mrs Boynton, cet après-midi-là, les encourage à sortir et à la laisser seule.

« Ces deux faits sont contradictoires. Pourquoi, ce jour-là, ce revirement subit de la part de Mrs Boynton ? Est-il dû à une tendresse soudaine, à un brusque réveil de bonté ? D'après tous les témoignages, cette hypothèse semblerait tout à fait improbable. Pourtant, il devait y avoir quelque mystérieuse raison. Laquelle ?

« Etudions de plus près la caractère de feu Mrs Boynton. On en a donné différentes versions. C'était une femme tyrannique, une sadique, un génie du mal, une démente. Laquelle de ces opinions est la bonne ?

« A mon sens, Sarah King approchait de la vérité lorsque, à Jérusalem, elle a été prise envers Mrs Boynton d'un mouvement de profonde pitié. Générosité vaine, d'ailleurs, de la part de Miss King !

« S'il est possible, essayons de nous mettre à la place de Mrs Boynton. Cette ambitieuse désire dominer ses semblables et leur imposer sa personnalité. Elle ne tente pas d'idéaliser cette passion du pouvoir, ni de la réfréner. Non, elle la nourrit ! Mais, en fin de compte... suivez-moi bien... à quoi cela rime-t-il ? Elle n'exerce pas une grande puissance. Elle n'est ni crainte, ni haïe par beaucoup de gens. Elle n'est que le tyran sans importance d'une famille isolée ! Comme me l'expliquait le docteur Gérard, de même que toutes les vieilles gens, elle finit par se lasser de son caprice et, en manière de diversion, prend plaisir à voir sa domination devenir plus précaire. Mais le résultat ne répond pas à ses espérances. Ce voyage à l'étranger lui fait comprendre pour la première fois l'insignifiance de sa personne.

« Nous arrivons maintenant au point n° 10 : les paroles de la vieille dame à Sarah King à Jérusalem. Sarah King avait touché du doigt la vérité. Elle avait deviné la pitoyable inutilité de la conduite de Mrs Boynton. A présent, veuillez prêter une oreille attentive aux propos rapportés par Miss King. Miss Boynton s'exprima avec méchanceté sans même regarder son interlocutrice. Voici textuellement ses paroles : « *Je n'oublie jamais rien... pas un acte, pas un nom, pas un visage !* »

« Cette phrase laissa une forte impression dans l'esprit de Miss King. Elle avait été prononcée d'une voix si dure ! Miss King, bouleversée, n'en saisit pas toute la portée.

« Est-ce que l'un de vous en devine le sens ? »

Il attendit un long moment et, tous restant muets, reprit :

— Je vois que non. Mais, mes amis, ne vous apercevez-vous pas que ces paroles ne répondaient nullement à ce que Miss King venait de dire. *Je n'oublie jamais rien !... Pas un acte, pas un nom, pas un visage !* Cette phrase paraît dénuée de sens. Si encore la vieille dame avait dit : « Jamais je n'oublie une impertinence... » ou quelque chose de la sorte... Mais non : *un visage*.

« La vérité saute aux yeux, voyons ! Ces paroles, apparemment adressées à Miss King, étaient destinées à une autre personne debout derrière Miss King.

Il fit une pause et scruta les physionomies devant lui.

— Oui, cela saute aux yeux ! Ce fut, je vous l'assure,

un moment psychologique dans la vie de Mrs Boynton. Elle venait d'être humiliée par une jeune femme intelligente. Ivre de rage, à cet instant, elle reconnaît quelqu'un : une figure surgie du passé, une victime à portée de sa main !

« Nous revenons, voyez-vous, à l'hypothèse du crime commis par un étranger. Maintenant, nous comprenons la gentillesse insolite de Mrs Boynton envers sa famille. Cet après-midi-là, elle veut se débarrasser des siens parce que, suivant l'expression populaire, elle a d'autres chats à fouetter. Elle souhaite demeurer seule pour aborder sa nouvelle victime...

« Sous ce nouvel angle, considérons les événements de l'après-midi. La famille Boynton va en promenade. Mrs Boynton s'assied devant sa caverne. Examinons attentivement les témoignages de lady Westholme et de Miss Pierce. Celle-ci est un témoin sans valeur. Elle manque d'esprit d'observation et se laisse aisément influencer. Au contraire, lady Westholme a la tête froide et rien ne lui échappe. Ces deux dames sont d'accord sur un fait. Un domestique arabe s'approche de Mrs Boynton, discute avec elle et se retire précipitamment. Lady Westholme déclare que ce serviteur s'est d'abord rendu sous la tente occupée par Geneviève Boynton, mais n'oublions pas que la tente du docteur Gérard est voisine de celle de Geneviève. Il est très possible que l'Arabe ait pénétré chez le docteur Gérard.

Le colonel plaça son mot :

— Insinuez-vous qu'un de mes Bédouins aurait tué la vieille dame en lui faisant une piqûre ? Fantastique !

— Patience, colonel. Je n'ai pas encore terminé. Admettons que l'Arabe soit sorti de la tente du docteur Gérard et non de celle de Geneviève Boynton. Qu'arrive-t-il ? Les deux dames reconnaissent n'avoir pas vu distinctement le visage du serviteur ni entendu la conversation qui s'est tenue entre lui et Mrs Boynton. C'est compréhensible, la distance les séparant du rocher étant d'environ deux cents mètres ! Lady

Westholme fournit une description détaillée du costume de cet homme, elle parle de son pantalon en guenilles et de ses bandes molletières mal enroulées.

Poirot se pencha en avant.

— Voilà qui est extraordinaire, mes amis ! Si elle n'a pu discerner son visage ni entendre la conversation, comment a-t-elle pu remarquer l'état du pantalon et des molletières ? Impossible à deux cents mètres.

« Là réside la contradiction. Une idée bizarre me vient à l'esprit. Pourquoi cette insistance sur ce pantalon déguenillé et ces molletières en désordre ? Est-ce parce que le pantalon n'était pas déchiré et que les molletières n'existaient point ? Lady Westholme et Miss Pierce affirment toutes deux avoir vu l'homme, mais elles ne pouvaient se voir l'une l'autre. Cela est démontré par le fait que Lady Westholme *alla voir* si Miss Pierce était éveillée et la trouva assise à l'entrée de sa tente. »

— Grand Dieu ! s'écria le colonel Carbury, se redressant brusquement. Insinuez-vous maintenant que...

— Je prétends qu'après s'être assurée de ce que faisait Miss Pierce, le seul témoin probablement éveillé, lady Westholme regagna sa tente, revêtit son pantalon de cheval, ses bottes et sa veste kaki, se confectionna une coiffure arabe au moyen d'un chiffon à carreaux et d'un écheveau de laine à tricoter et, ainsi attifée, pénétra audacieusement sous la tente du docteur Gérard, fouilla sa trousse pharmaceutique, choisit un poison, prit la seringue hypodermique, la remplit et alla tout droit vers sa victime.

« Mrs Boynton somnolait peut-être. Sans perdre une seconde, lady Westholme lui saisit le poignet et injecte le poison, Mrs Boynton pousse un petit cri, essaie de se lever... et retombe. L'« Arabe » s'éloigne, l'air apparemment confus. Mrs Boynton brandit sa canne, tente une fois de plus de se lever, puis s'affaisse dans son fauteuil.

« Cinq minutes plus tard, lady Westholme rejoint

Miss Pierce et commente la scène, *s'efforçant d'inculquer à sa compagne sa propre version.* Ensuite toutes deux vont en promenade et font une pause au pied de la terrasse d'où lady Westholme interpelle Mrs Boynton. Bien entendu, elle n'en reçoit aucune réponse, car la vieille dame est morte. Mais lady Westholme a soin de dire à Miss Pierce : « Est-ce possible de répondre par un grognement à notre amabilité. »

« Miss Pierce admet le fait. Maintes fois, elle a entendu Mrs Boynton répondre par un grognement à une parole courtoise. Et, en toute sincérité, elle jurera l'avoir entendue cette fois-ci ! Lady Westholme a souvent présidé des comités composés de femmes du genre de Miss Pierce et sait parfaitement l'influence qu'elle peut exercer sur des esprits aussi malléables. Mais voici par où pêche son plan : il s'agit de remettre en place la seringue. Le retour inattendu du docteur Gérard bouleverse ses projets. Espérant qu'il n'aura pas remarqué la disparition de la seringue, elle la restitue au cours de la nuit. »

Poirot fit un arrêt.

— Mais pourquoi ? s'écria Sarah King. Pourquoi lady Westholme aurait-elle tué la vieille Mrs Boynton ?

— Ne m'avez-vous pas dit que Lady Westholme était à côté de vous, lorsque vous parliez à Mrs Boynton à Jérusalem ? C'était à Lady Westholme que Mrs Boynton adressait ces paroles : « Je n'oublie jamais rien, pas un acte, pas un nom, pas un visage ! » Ajoutez à cela le fait que Mrs Boynton a rempli les fonctions de gardienne dans une prison, et vous aurez une idée exacte de la vérité. Lord Westholme fit connaissance avec sa femme sur le paquebot qui la ramenait d'Amérique. Avant son mariage, lady Westholme avait été emprisonnée pour un crime qu'elle avait commis.

« Comprenez dans quel dilemme elle se trouvait placée : sa carrière, ses ambitions, son rang social, tout s'écroulait ! Pour quel crime avait-elle été condamnée, nous l'ignorons. Nous ne tarderons d'ailleurs pas à l'apprendre. Son méfait devait être de nature à ruiner sa carrière politique s'il était rendu public. Remarquez que le chantage de Mrs Boynton n'avait rien d'intéressé : elle ne cherchait pas de l'argent, mais la joie sadique de torturer sa victime, provisoirement, en attendant l'heure où, de façon spectaculaire, elle dévoilerait la vérité au grand jour ! Tant que vivrait Mrs Boynton, lady Westholme ne se sentirait plus en sécurité. Obéissant aux ordres de Mrs Boynton, Lady Westholme se rendit à Pétra. Je m'étonnais, à part moi, qu'une femme si imbue de son importance condescendît à voyager en simple touriste. Mais, en son for intérieur, lady Westholme ruminait quelque plan meurtrier. Saisissant l'occasion, elle exécuta son projet sans défaillance. Elle a commis deux légères erreurs : elle décrivit avec trop de détails l'accoutrement du serviteur arabe, ce qui attira d'abord mon attention ; d'autre part, elle s'est trompée de tente : croyant pénétrer chez le docteur Gérard, elle est entrée sous la tente de Geneviève à demi assoupie. D'où l'histoire de la jeune fille parlant d'un cheik déguisé. Selon sa nature fantaisiste, elle a déformé la vérité en cherchant à la rendre plus dramatique, mais cette indication m'a suffi.

Poirot fit une nouvelle pause.

— Nous allons bientôt tout savoir. Aujourd'hui, à son insu, j'ai fait relever les empreintes digitales de lady Westholme. Si nous les envoyons à la prison où Mrs Boynton était gardienne, nous connaîtrons la vérité lorsqu'on comparera ces empreintes avec celles du dossier.

Poirot sembla réfléchir.

Soudain, un bruit sec perça le silence.

— Que se passe-t-il ? demanda le docteur Gérard.

— On dirait un coup de feu, dit le colonel Carbury en se levant. C'est dans la chambre voisine. Qui occupe cette pièce ?

Poirot murmura :

— Il me semble que c'est... lady Westholme.

ÉPILOGUE

Extrait du *Cri du Soir* :

Nous avons le regret d'annoncer la mort de lady Westholme M. P., à la suite d'un tragique accident. Lady Westholme aimait beaucoup à voyager dans les pays lointains et portait toujours sur elle un revolver. Elle était en train de nettoyer cette arme lorsque le coup partit et la tua. La mort a été instantanée. Nous adressons nos vives condoléances à lord Westholme, etc.

Cinq années plus tard, par une belle soirée du mois de juin, Sarah Boynton et son mari étaient assis aux fauteuils d'orchestre d'un grand théâtre de Londres. On jouait *Hamlet*. Sarah serra le bras de Raymond lorsque la voix d'Ophélie leur parvint de la scène :

> *Comment reconnaître son amant*
> *Parmi les autres soupirants ?*
> *A sa coquille au chapeau,*
> *A ses sandales.*
> *Il est mort, la belle,*
> *Mort et enterré*
> *A sa tête pousse un gazon vert*
> *A ses pieds on voit une pierre.*

Sarah sentit sa gorge se contracter devant la beauté exquise de la démente Ophélie, enfuie, au sourire angélique aux lèvres, vers une région où ne pouvaient l'atteindre les soucis et le chagrin et où le mirage devenait la réalité...

— Qu'elle est belle ! murmura Sarah.

Cette voix harmonieuse, au timbre si noble, était maintenant disciplinée et modulait les sons avec une perfection remarquable.

Lorsque le rideau tomba à la fin du dernier acte, Sarah dit à son mari :

— Jinny est une artiste de réel talent, une grande artiste !

Plus tard, soupant au « Savoy », Geneviève, avec un sourire lointain, se tourna vers l'homme barbu assis à sa droite.

— J'ai bien joué mon rôle, n'est-ce pas, Théodore ?

— Admirablement, chérie.

Un sourire heureux flotta sur les lèvres de Geneviève, qui murmura :

— Vous avez toujours eu confiance en mon destin. Vous saviez que je pouvais accomplir de grandes choses, émouvoir des foules...

A une table voisine, l'« Hamlet » de la soirée disait tristement :

— Quelle affectation ! Evidemment, le public a goûté cela au début, mais il s'en lassera. Ce n'est plus Shakespeare. Avez-vous remarqué comme elle a gâté mon effet à ma sortie ?

Nadine, assise en face de Geneviève, observa :

— Quel bonheur de nous trouver tous réunis à Londres pour fêter Jinny dans son rôle d'Ophélie ! Elle est déjà célèbre !

Doucement, Geneviève lui dit :

— C'est gentil à vous d'avoir fait cette traversée pour venir m'applaudir.

— Une véritable réunion de famille, fit Nadine, rayonnante.

Puis s'adressant à Lennox, elle ajouta :

— Ne crois-tu pas que les enfants pourraient assister à la matinée ? Ils sont assez grands maintenant et ils réclament à cor et à cris de voir tante Jinny sur la scène !

Lennox, un Lennox lucide et heureux, aux yeux pleins de malice, leva son verre :

— Je bois à la santé des nouveaux mariés, Mr et Mrs Cope !

Jefferson Cope et Carol répondirent à ce toast par un gracieux salut.

— A l'amoureux infidèle ! s'exclama Carol en éclatant de rire. Jef, buvez à la santé de Nadine, votre premier amour...

Raymond dit, gaiement :

— Jef est en train de rougir. Il n'aime pas qu'on lui rappelle le passé.

Soudain, le visage de Raymond s'assombrit. Sarah lui prit tendrement la main et le nuage se dissipa. Il regarda sa femme en souriant :

— Je m'en souviens comme d'un mauvais rêve !

Un petit homme sémillant s'arrêta près de leur table. Hercule Poirot, tiré à quatre épingles, ses moustaches fièrement retroussées, fit la révérence.

— Mes hommages, mademoiselle, dit-il à Geneviève Boynton. Vous avez été superbe !

Tous l'accueillirent affectueusement et lui firent une place à côté de Sarah.

Il les contempla, la face réjouie. Lorsque la conversation devint générale, Poirot se pencha vers Sarah et lui murmura :

— Eh bien, tout semble marcher à souhait à présent dans la famille Boynton ?

— Grâce à vous, lui dit Sarah.

— Votre mari devient tout à fait célèbre. J'ai lu aujourd'hui une revue très élogieuse sur son dernier roman.

— Bien que ce soit moi qui le dise, son livre est remarquable. Savez-vous : Carol et Jefferson Cope ont fini par s'épouser ? Lennox et Nadine ont deux enfants magnifiques. Quant à Jinny, elle a un talent admirable.

Elle regarda de l'autre côté de la table, vers le joli visage auréolé de cheveux rouges. Soudain, elle sursauta.

Un moment, son visage devint grave et, d'un geste lent, elle porta son verre à ses lèvres.

— Madame, en l'honneur de qui allez-vous boire ?

Sarah répondit lentement :

— Je pensais... *à elle*. En regardant Jinny, pour la première fois, j'ai remarqué la ressemblance. La même expression, à cela près que Jinny est en pleine gloire, tandis qu'elle demeurait obscure...

La voix de Geneviève arriva jusqu'à eux :

— Pauvre maman !... Elle était drôle ! A présent

que nous sommes tous si heureux, je songe à elle avec tristesse. La vie ne lui a pas donné ce qu'elle attendait. Ce qu'elle a dû souffrir !

Sans transition, elle modula les vers de Cymbe-line, et les autres restèrent subjugués par sa voix mélodieuse :

> *Ne crains plus la chaleur du soleil,*
> *Ni les furieuses tempêtes de l'hiver,*
> *Tu as accompli ta mission ici-bas,*
> *Et tu rentres chez toi*
> *Après avoir reçu ta juste rétribution.*

FIN

IMPRIMÉ EN FRANCE PAR BRODARD ET TAUPIN
7, bd Romain-Rolland - Montrouge - Usine de La Flèche.

ISBN : 2 - 7024 - 1351 - X   H 31/0583/0